En busca de un sueño

Sara Craven

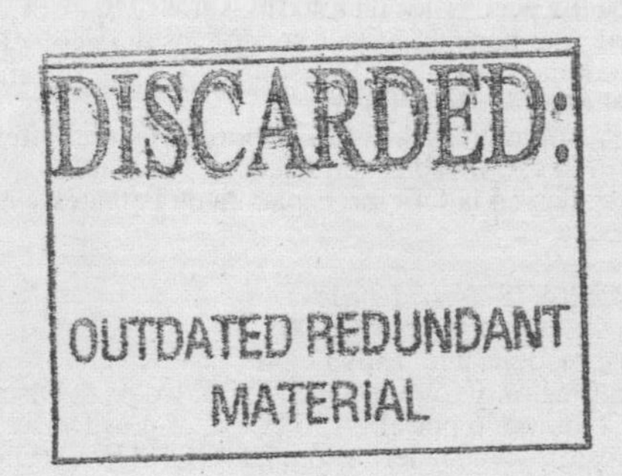

Editado por HARLEQUIN IBÉRICA, S.A.
Núñez de Balboa, 56
28001 Madrid

EN BUSCA DE UN SUEÑO, N.º 1892 - 7.1.09
Título original: One Night with His Virgin Mistress
Publicada originalmente por Mills & Boon®, Ltd., Londres.

I.S.B.N.: 978-84-671-6818-1
Depósito legal: B-49550-2008
Editor responsable: Luis Pugni
Preimpresión y fotomecánica: M.T. Color & Diseño, S.L.
C/. Colquide, 6 portal 2 - 3º H. 28230 Las Rozas (Madrid)
Impresión y encuadernación: LITOGRAFÍA ROSÉS, S.A.
C/. Energía, 11. 08850 Gavá (Barcelona)
Fecha impresion para Argentina: 6.7.09
Distribuidor exclusivo para España: LOGISTA
Distribuidor para México: CODIPLYRSA
Distribuidores para Argentina: interior, BERTRAN, S.A.C. Vélez Sársfield, 1950. Cap. Fed./ Buenos Aires y Gran Buenos Aires, VACCARO SÁNCHEZ y Cía, S.A.
Distribuidor para Chile: DISTRIBUIDORA ALFA, S.A.

Prólogo

PENSÓ que ya había tenido más que suficiente. Primero había sufrido aquel infernal viaje y después el vuelo en el Hercules, para acabar en aquella interminable conferencia de prensa.

Todo lo que quería era estar solo y poder darse una agradable ducha.

–Entonces… –comenzó a decir una reportera sentada en la primera fila, reportera que trataba de coquetear con él descaradamente– ¿podría describir para mis lectores cómo se sintió?

–Mi vida estaba en peligro –contestó él–. ¿Cómo cree que me sentí?

–Pero usted era el líder –prosiguió la reportera–. Salvó a todos. ¿Cómo se siente al ser un héroe?

–Señorita –dijo él de manera cortante–. Estoy cansado y sucio y aquí no hay ningún héroe. Nunca lo ha habido. Yo simplemente hice mi trabajo. Y, si no tiene nada más inteligente que preguntarme, me marcho de aquí.

Habían puesto un coche a su disposición y lo agradeció mucho, ya que no se encontraba con fuerzas para conducir él mismo. También estaba agradecido ante el hecho de que, por algún tipo de milagro, no había perdido ni su cartera ni sus llaves y pronto estaría rodeado de la paz que tanto ansiaba.

Pero en cuanto entró al piso y cerró la puerta tras de sí, supo que algo no marchaba bien. Supo que no estaba solo. Oyó el sonido del agua de la ducha correr.

Con mucho sigilo, se dirigió a su dormitorio.

Se dijo a sí mismo que, si quien sospechaba estaba todavía en su piso, lo iba a matar.

Entró al cuarto de baño y se detuvo en seco. Se quedó mirando con incredulidad la delgada silueta que se veía a través de la mampara de la ducha.

–¡Dios mío! –espetó–. No me lo puedo creer.

Entonces se acercó a la ducha y abrió las mamparas… para encontrar a una chica preciosa, desnuda y aterrorizada.

Capítulo 1

Una semana antes…

–Parece demasiado bueno para ser verdad –dijo Tallie Paget, suspirando.

–En cuyo caso, probablemente tengas razón –le advirtió su amiga Lorna–. Apenas conoces a este tipo. Por el amor de Dios, ten cuidado.

–Eso es exactamente lo que debo hacer –la tranquilizó Tallie–. Tengo que cuidar del piso de Kit Benedict mientras él está en Australia. Voy a vivir sin pagar alquiler, sólo tendré que pagar las facturas de la electricidad y de la calefacción. Es mejor que morirme de hambre en una buhardilla mientras termino el libro… incluso si encontrara una buhardilla que pudiera pagar.

Entonces hizo una pausa.

–Hay una palabra que define este tipo de cosas.

–Ya lo sé –contestó Lorna–. Locura.

–La palabra es serendipia –informó Tallie–. Según el diccionario, es el don de descubrir cosas sin proponérselo. Piénsalo… si yo no hubiera estado trabajando en uno de los bares de copas a los cuales suministra la compañía de Kit, nada de esto habría pasado.

–Y mudarte de tu piso –quiso saber Lorna–. ¿Es eso otro accidente feliz?

–No, claro que no –contestó Tallie, mirando su taza de café vacía–. Pero no puedo quedarme allí, no bajo esas circunstancias. Tú debes saberlo. Josie dejó bastante claro que no pretendía irse a vivir... con él.

–Dios, tu prima es encantadora –comentó Lorna con burla–. No me sorprendería si te pidiera que fueras su dama de honor.

–A mí tampoco –concedió Tallie, mordiéndose el labio inferior

–Dadas las circunstancias, es mucho mejor que Gareth y tú no estuvierais realmente saliendo.

–Lo sé. Como también sé que algún día veré las cosas de distinta manera. Pero todavía no.

–Y este Kit Benedict... prométeme que no te vas a enamorar de él –pidió Lorna.

–¡Cielos, no! –dijo Tallie, horrorizada–. Ya te lo he dicho; se va a marchar a Australia a ver unos viñedos. Aparte de que no es mi tipo en absoluto.

Compungida, pensó que su tipo eran los hombres altos, rubios, de ojos azules y de sonrisa encantadora. Kit Benedict no era muy alto, era moreno y bastante engreído.

–Necesita a alguien que le cuide el piso mientras está fuera –prosiguió–. Y yo necesito un lugar donde vivir.

–¿Cómo es su casa? ¿Es el típico piso de soltero, lleno de botellas vacías y de cajas de comida para llevar?

–Todo lo contrario –le aseguró Tallie–. Está en la última planta de un edificio eduardino, tiene un salón precioso donde se mezclan muebles modernos con antiguos, y desde el cual se disfruta de unas espectaculares vistas de Londres. Hay dos dormitorios enormes y una cocina de ensueño. Kit dijo que podía utilizar el dormitorio que quisiera, por lo que voy a utilizar el suyo, que tiene su propio cuarto de baño.

Pensó en la pequeña habitación de la casa de su prima. Pero claro, ni Josie, que le había ofrecido su casa debido a las presiones familiares, ni Amanda, la otra chica con la que compartía vivienda, la habían querido nunca allí y jamás la habían hecho sentirse bienvenida.

Pero el alquiler era barato y se había callado muchas cosas. Si no hubiera sido por Gareth…

–De hecho… –continuó– todo el piso está muy arreglado, ya que hay una limpiadora, la señora Medland, que viene dos veces por semana. Kit dice que es un dragón con corazón de oro y yo ni siquiera tengo que pagar por sus servicios. Según parece, una empresa se encarga de todas esas cosas, y yo sólo les tengo que mandar a ellos el correo.

–Umm –dijo Lorna–. Lo que no comprendo es cómo puede ser todo suyo… a no ser que él sea el propietario de la empresa de vinos para la que trabaja.

–El piso es parte de una herencia familiar –informó Tallie–. Incluso hay una habitación que Kit utiliza como despacho. Me ha dicho que puedo trabajar allí y utilizar la impresora.

–Bueno, supongo que tendré que admitir que la situación es buena. Aunque desearía que te hubieras mudado a Hallmount Road con nosotros, pero como llegó el novio de Nina, aquí ya no cabe nadie más.

–Todo va a salir bien –la tranquilizó Tallie.

Mientras regresaba a la agencia de publicidad en

la que había estado haciendo un trabajo temporal durante las anteriores tres semanas, deseó poder sentirse tan optimista como había fingido con su amiga.

Quizá Lorna tuviera razón y todo aquello era una locura, pero se dijo a sí misma que tenía un don para la escritura y que, si no aprovechaba la oportunidad que se le estaba presentando, quizá se arrepintiera durante el resto de su vida.

Había ahorrado todo lo que había podido con la intención de poder vivir de sus ahorros mientras no trabajara.

Hacía tiempo, mientras todavía vivía con sus padres, se había apuntado al concurso que había anunciado una revista para encontrar escritores revelación menores de veinticinco años. Ella, que por aquel entonces tenía dieciocho años, había creado la historia de una mujer que, disfrazada de hombre, se había marchado a Europa a encontrar a su amado.

No había ganado, ni siquiera la habían seleccionado. Pero uno de los miembros del jurado, una agente literaria, se había puesto en contacto con ella después del concurso y la había invitado a comer en Londres.

Tallie había aceptado la invitación con cierto temor, pero Alice Morgan había resultado ser una alegre mujer de mediana edad que comprendía por qué la elección de una carrera no era fácil.

–Mi hermano, Guy, siempre supo que quería ser veterinario, como nuestro padre –le había confiado Tallie mientras comían–. En el instituto creen que debo ir a la universidad para estudiar Filología o Historia antes de prepararme para ser profesora. Pero no estoy segura, así que me estoy tomando un año sabático mientras me decido.

–¿No has considerado hacerte escritora profesional?

–Oh, sí, siempre he querido serlo, pero tendrá que ser en el futuro –había contestado Tallie–. Siempre pensé que primero tendría que tener un trabajo normal.

–Y este año sabático… ¿cómo lo vas a pasar?

–Bueno, mi padre siempre necesita ayuda en su trabajo. He hecho un curso bastante completo de informática, así que también podría encontrar algún trabajo de oficina.

–¿Y qué ocurre con Mariana, que está en las manos de los contrabandistas? –había preguntado la señora Morgan. ¿La confiscas a la carpeta de los «podría haber sido» o vas a terminar su historia?

–En realidad no lo he pensado –confesó Tallie–. Para serte sincera, sólo escribí aquello para divertirme.

–Y se refleja en la historia –dijo Alice Morgan, sonriendo–. No es perfecta, pero es una historia muy animada contada con euforia por una voz joven… y desde una perspectiva femenina. Si pudieras mantener la historia y la emoción al mismo nivel, creo que habría más de una editorial interesada.

–¡Dios mío! –exclamó Tallie–. En ese caso, quizá piense en ello con seriedad.

–Eso es lo que quería oír. Una cosa que debes pulir es a tu protagonista, el elegante William. ¿Está basado el personaje en alguna persona real… quizá en un novio?

–Oh, no –contestó Tallie, ruborizándose–. Nada de eso. Me basé en alguien a quien veo a veces por el pueblo. Sus padres tienen una casa que utilizan los fines de semana, pero a él… casi ni le conozco.

Pero sabía su nombre… era Gareth Hampton.

–Me llevé esa impresión, ya que como héroe no era gran cosa. Si Mariana va a arriesgar tanto por su amor hacia él, el tipo debe merecer la pena. Y había un par de cosas más…

Dos horas después, Tallie había regresado en tren a su casa. Llevaba escritas en su diario las notas sobre las otras sugerencias que le había hecho Alice Morgan y, cuando llegó a su destino, ya había decidido su futuro. Tenía un plan.

Sus padres se quedaron estupefactos cuando les contó lo que quería hacer.

–¿Pero por qué no puedes escribir en casa? –preguntó su madre.

Tallie pensó que, si se quedaba en casa, jamás lograría concentrarse en el trabajo, ya que contarían con ella para todos los recados y favores que hubiera que hacer.

–La señora Morgan me ha dicho que necesito hacer una buena labor de investigación y la ciudad es muy conveniente para ello. Voy a pagar la inscripción a una biblioteca londinense con el dinero que me disteis en navidades y en mi cumpleaños. Entonces haré lo que hizo Lorna y buscaré un piso compartido con dos o tres chicas más.

La señora Paget no dijo nada, pero esbozó una mueca. Días después le dijo a su hija que había estado hablando con el tío Freddie y que éste estaba de acuerdo en que vivir con extraños era impensable y había insistido en que Tallie se mudara con su prima Josie.

–Me ha dicho que su piso tiene una habitación de sobra y tu prima te ayudará a moverte por Londres.

–Josie tiene tres años más que yo y no tenemos

nada en común. Además, la tía Val y ella siempre nos han mirado como a los pobres de la familia.

–Bueno, supongo que en un aspecto material en realidad lo somos –dijo su madre–. Pero en nada más. Además, espero que tener que trabajar haya suavizado el carácter de Josie.

Recordando todo aquello y mientras subía en ascensor a la agencia, Tallie se dijo a sí misma que su prima no había cambiado. Por lo menos no en lo que a ella se refería.

Aquél era su último día de trabajo en la agencia, así que se enderezó y sonrió al abrirse las puertas del ascensor y llegar a las oficinas.

A media tarde, sus compañeros de trabajo brindaron con champán a modo de despedida y el director de la agencia dijo cuánto sentía la pérdida de una trabajadora como ella.

–Y si el próximo trabajo no sale como esperabas, telefonéanos –añadió el director.

Al acabar pronto la jornada, pensó que tenía tiempo de ir a su piso para hacer las maletas antes de que su prima llegara. Después, tendría que ir al bar para cumplir con su último turno…

Cuando llegó al piso se preparó una taza de café. No tenía mucha ropa, sólo las faldas negras que utilizaba para trabajar, unas cuantas blusas, una chaqueta gris, tres pares de pantalones vaqueros, unas pocas camisetas, un par de jerséis y su barata ropa interior.

Al agarrar sus cosas vio la camisa que había llevado cuando trabajó como secretaria en una empresa de contables. Un día, mientras llevaba una bandeja con café para los clientes de una reunión, un hombre se había chocado con ella al salir de los ascensores a toda prisa y había derramado el café por todas partes.

–Oh, Dios –había dicho el hombre, consternado–. ¿Estás bien o te has quemado con el café?

–Las bebidas nunca están tan calientes –contestó ella, pero vio que se había manchado la camisa.

Se arrodilló para agarrar las tazas que se habían caído y se percató de que el hombre también se había arrodillado. Pero en vez de ayudarla se había quedado mirándola…

–Gareth –dijo ella al levantar la vista y reconocer al hombre–. Quiero decir… señor Hampton.

–Llámame Gareth –sugirió él, sonriendo–. Tú eres la hermana pequeña de Guy Paget. ¿Qué demonios haces aquí, tan lejos de Cranscombe? Quiero decir aparte de estar empapada de café.

–Ahora vivo en Londres –se apresuró a decir ella–. La secretaria del señor Groves está de vacaciones y la estoy sustituyendo… por el momento –añadió al ver acercarse a su jefe.

–Ha sido todo culpa mía –le explicó Gareth al señor Groves, levantándose–. No miré por dónde iba y casi tiro al suelo a la pequeña Natalie.

–Oh, por favor, no te preocupes, muchacho –le dijo el señor Groves, que miró a Tallie a continuación con menos gentileza–. Traiga otra bandeja a la sala de conferencias, señorita Paget. Después, llame a mantenimiento. Tendrán que limpiar la moqueta. Y arréglese usted también, por favor.

Tallie hizo todo lo que pudo en el cuarto de baño con unas toallitas húmedas… pero sólo logró empeorar el aspecto de la camisa. Deseó haberse maquillado aquella mañana para que Gareth la hubiera visto como a algo más que la hermana pequeña de Guy.

Pero, claro, las mujeres que Gareth solía llevar a su casa habían sido esbeltas y elegantes.

Pensó en su pelo, que tenía el mismo color marrón con el que había nacido. Lo tenía muy liso y le llegaba por los hombros. Y, aunque su madre le decía que tenía buena figura, sabía que era una versión pasada de moda de las mujeres delgadas. Su pálida piel y sus ojos marrones eran quizá sus mejores atributos. Pero no tenía una boca y nariz bonitas.

Al salir del cuarto de baño su ilusión de ver a Gareth de nuevo se desvaneció, ya que la señora Watson, la jefa de las secretarias, la miró con mala cara y la mandó a fotocopiar un gran número de documentos.

Cuando hubo terminado, Gareth se había marchado ya. Entonces se dispuso a salir para comer algo.

–Ha llegado esto para ti hace unos minutos –le dijo Sylvia, la recepcionista.

Lo que había llegado para ella había sido un paquete envuelto en papel de regalo. Contenía una camisa de seda, suave, delicada y quizá la prenda de ropa más cara que jamás había poseído.

Para que me perdones por la que te he destrozado. Esperaré en el Caffe Rosso a partir de la una para saber si es tu talla. G.

La camisa le quedaba perfecta y había estado muy emocionada ante la perspectiva de comer con Gareth. Incluso se había preguntado a sí misma si aquello constituía una cita...

Arrodillada en la pequeña habitación que había ocupado en el piso de su prima, dobló la camisa una y otra vez hasta que ésta se convirtió en una pequeña bola de tela. La envolvió en papel de periódico y la tiró a la papelera de la cocina antes de salir hacia el bar.

Se dijo a sí misma que todo sería mejor cuando ya no viviera allí.

Sus heridas podrían cicatrizar más fácilmente…

Cuando al día siguiente por la tarde se vio en su nueva residencia, con sus pertenencias ya colocadas en los armarios y su ordenador portátil en el despacho, comenzó a pensar que quizá su optimismo estuviera justificado.

Pensó en el pequeño enfrentamiento que había tenido con su prima, enfrentamiento que habría querido evitar.

–Aparte de la inconveniencia de tener que buscar a alguien que ocupe tu habitación… ¿te das cuenta de la reprimenda que me va a echar mi padre cuando se entere de que te has mudado?

–Tú no eres mi niñera –había contestado Tallie–. Además, pensé que te alegraría verme marchar.

–Oh, por el amor de Dios –dijo Josie–. ¿No estarás todavía obsesionada con Gareth? ¿No es momento ya de que crezcas?

–Por supuesto –respondió Tallie resueltamente–. Considera éste un primer paso.

Como consecuencia de aquello, había llegado a Albion House mucho antes de lo previsto y se había encontrado con Kit Benedict, que estaba impaciente.

–¿Recuerdas todo lo que te he dicho? –había preguntado él–. La caja de los plomos, el sistema de alarma, la televisión… Y no te olvides de mandar cualquier correo que llegue a Grayston y Windsor. Eso es de vital importancia.

–Desde luego –contestó ella, sonriéndole–. Soy muy eficiente. Podría haberte traído referencias.

–Andy, el dueño del bar, me dijo que trabajabas bien, y él es muy perspicaz para estas cosas. Todos mis amigos saben que voy a estar fuera de la ciudad una temporada, pero si llama alguien preguntando por mí simplemente di que voy a estar ausente durante un tiempo indefinido. Y si te preguntan quién eres, diles que la limpiadora.

Tallie se había preguntado a sí misma por qué no querría él decir la verdad.

–En la nevera hay algunas cosas que han sobrado para comer –le dijo Kit mientras se dirigía hacia el vestíbulo, donde le esperaba su equipaje–. Hay sábanas limpias en ambos dormitorios. Vienen a llevarse la ropa para hacer la colada cada miércoles. Mueve todo lo que necesites para hacerle hueco a tu ropa en los armarios. Cualquier emergencia comunícasela a los abogados.

Entonces se marchó del piso y Tallie se quedó allí de pie. A los pocos instantes se dirigió a la cocina, donde vio lo que quedaba en la nevera... queso duro y una poco apetecible ensalada.

Su primera prioridad sería ir a la compra al supermercado más próximo.

Lo siguiente que haría sería tumbarse en uno de los enormes sofás que había en el salón y relajarse.

Se imaginó a Gareth tumbado en uno de los sillones, pero se reprendió a sí misma y se ordenó dejar de torturarse.

Pensó que lo mejor sería mantenerse ocupada durante el resto del día y dejar todo preparado para poder comenzar a trabajar a la mañana siguiente. Y eso hizo.

El piso tenía una gran televisión de plasma con un sinfín de canales, muy diferente al televisor del piso que había compartido con su prima en el cual sólo se veía una cadena.

Cuando por fin se metió en la cama, se percató de que era la cama más grande en la que había dormido. Todo era muy lujoso y realmente agradable en aquel piso.

Estaba ya casi dormida cuando el teléfono sonó. Adormilada, respondió. Contestó una voz de mujer que comenzó diciendo un nombre de hombre...

–Cariño, estás ahí... ¡qué alivio! –dijo–. He estado tan preocupada. ¿Estás bien?

–Lo siento –contestó Tallie, recordando las instrucciones de Kit–. El señor Benedict ha salido de la ciudad por un tiempo indefinido.

–¿Y quién eres tú? –preguntó la mujer, obviamente irritada.

Tallie pensó que no tenía sentido decir que era la limpiadora, no a aquella hora de la noche.

–Soy una amiga –contestó alegremente antes de colgar.

Esperó que la mujer volviera a telefonear, pero el teléfono no sonó.

Cuando se estaba volviendo a quedar dormida, pensó que el nombre que la mujer había dicho al principio de la conversación no le había sonado en absoluto como Kit, sino algo muy distinto.

Se dijo a sí misma que debía estar equivocada ya que, después de todo, estaba medio dormida.

Capítulo 2

TALLIE cerró su ordenador portátil y se echó para atrás en la silla de cuero negra. Suspiró, más por alivio que por satisfacción.

Se dijo a sí misma que parecía que por fin volvía a ser capaz de escribir. Durante los meses anteriores, no había tenido mucho tiempo para hacerlo y, además, había estado el asunto de Gareth…

Respiró profundamente. Por lo menos en aquel momento ya comprendía lo que era estar enamorada… aunque fuera levemente. Comprendía por qué una chica como Mariana abandonaba tantas cosas para tratar de volver a reunirse con el hombre al que tanto quería.

Hasta aquel momento, no le había prestado mucha atención a los aspectos emocionales de su historia, sino que se había centrado en hacerla animada… como en la divertida manera en la que su protagonista se escapaba de su severo tutor y de la amenaza de un matrimonio acordado por su familia.

En aquel momento, se dio cuenta de que la decisión de Mariana habría sido mucho más impactante si se hubiera escapado de un hogar en el que recibía el amor de unos padres que simplemente eran demasiado protectores.

La imaginación era algo maravilloso, pero le ayudaría no tener que escribir mucho sobre escenas de sexo hasta el final de la novela.

Recordó de nuevo a Gareth y la comida que habían compartido en el Caffe Rosso.

Al principio ella no había sabido qué decir, aunque había querido darle las gracias por la camisa.

–Bueno… –había dicho él– era lo mínimo que podía hacer. Henry Groves es un contable magnífico, pero le importan mucho las apariencias.

Tallie le estaba escuchando embelesada. Gareth le preguntó qué hacía en Londres.

–Pensaba que eras una chica de tu casa… y que no te alejarías de Cranscombe.

–Estoy tomándome un año sabático para decidir lo que quiero hacer –contestó ella. No mencionó la novela, ya que no había nada seguro–. ¿Cómo va el mundo jurídico?

–Tiene momentos –contestó él–. Seguramente me especialice en impuestos. Parece que es un área bastante lucrativa.

–¿No quieres defender a criminales?

–Eso suena más glamuroso de lo que realmente es –dijo Gareth, encogiéndose de hombros–. Y, en realidad, se merecen las penas –añadió, pidiendo la carta de postres–. ¿Sabías que mis padres también se van a marchar de Cranscombe? Han vendido su casa y van a comprar algo en Portugal… donde hace mejor tiempo y se juega mucho al golf.

–Oh –dijo ella, mirándolo asustada–. Así que, si no hubieras venido hoy a la oficina, tal vez nunca te habría vuelto a ver.

Nada más decir aquello se ruborizó al percatarse de que había revelado sus sentimientos.

–Incluso peor –contestó él, tomándola de la mano–. Quizá yo no te hubiera vuelto a ver a ti nunca más. ¿Te parece bien si celebramos con tiramisú la manera tan afortunada en la que nos hemos escapado de ese desastre?

Mientras tomaban café, Gareth le sugirió que volvieran a verse el sábado por la noche. Pero Tallie se vio forzada a decirle que no podía debido al trabajo extra que estaba realizando.

Entonces él le sugirió que fueran a comer juntos y a dar un paseo.

–La mejor manera de conocer Londres es a pie –le informó–. Y no puedo esperar a enseñártelo.

Ella regresó a la oficina en un estado de euforia, casi incapaz de creer que fuera a volver a verlo.

Y el sábado por la tarde fue un sueño. Gareth conocía muy bien la ciudad y, embelesada, ella escuchó las historias que él le contó.

Le habló de su trabajo en un bufete de abogados y de lo estupendo que era el barrio de Notting Hill. Estaba claro que la vida en la ciudad le gustaba mucho más que la vida en el campo.

El único momento levemente tenso llegó en la despedida, cuando Tallie se percató de que la iba a besar. Estaba tan nerviosa que acabó siendo un vergonzoso roce de narices y barbillas.

Pasó toda la noche reprendiéndose por su estúpida actitud, pero claro, sólo la habían besado tres o cuatro veces en toda su vida.

Se dijo a sí misma que estaría preparada para la próxima vez que él lo intentara... habían acordado verse al siguiente fin de semana.

Pasó toda la semana muy nerviosa y, cuando por fin llegó el sábado, Gareth le sugirió que fueran a dar un paseo por Hyde Park, que estaba lleno de felices parejas.

Se acercó a él mientras paseaban con la esperanza de que la tomara de la mano o que le pusiera un brazo por encima. Deseaba con toda su alma ser su pareja…

Pero al mirarlo de reojo se percató de que era algo bastante improbable. Él tenía la mirada perdida e incluso fruncía levemente el ceño.

–¿En qué piensas?

–¿Qué? Oh… –contestó él, vacilando–. Estaba pensando en algo que podíamos hacer. Quizá deberíamos…

A Tallie casi se le paró el corazón. Se preguntó si él le iba a sugerir que fueran a su casa porque el parque era un lugar demasiado público… Deseó con todas sus fuerzas que así fuera, ya que ello implicaría que Gareth la consideraba parte de su vida, que le importaba.

–Iba a sugerir que fuéramos a tomar el té en Fortnums, sería agradable, ¿no crees? –continuó él.

–Sí –contestó ella–. Estupendo –añadió, tratando de no sentirse decepcionada.

Se dijo a sí misma que todavía no era el momento para que él le propusiera algo como lo que había pensado; era demasiado pronto. Y el hecho de que no le metiera prisas era buena señal.

Cuando llegaron a Fortnums, tuvieron que detenerse en la puerta porque alguien salía.

–Natalie –dijo Josie–. No sabía que podías permitirte venir a sitios como éste –entonces, sonriendo, se dio la vuelta para mirar a Gareth–. ¿Y quién es él?

–Es Gareth Hampton. Un… un amigo de Cranscombe.

–Dios mío –contestó Josie–. Y pensar que solía hacer todo lo que pudiera para evitar ir a aquel lugar. Bueno, amigo de Cranscombe, yo soy la prima de Natalie, Josephine Lester, y supongo que tampoco te habrá hablado de mí.

–No –contestó Gareth con voz extraña, casi ronca–. No lo ha hecho –añadió, mirando a Josie fijamente.

Tallie tuvo la impresión de que ambos estaban como encerrados en una zona exclusiva, zona en la que ella jamás podría penetrar.

–Íbamos a tomar un té –dijo en voz baja.

Tanto Josie como Gareth se dieron la vuelta y la miraron sorprendidos, como si se hubieran olvidado de su presencia.

–¡Qué idea tan fantástica! –dijo Josie, sonriendo.

–Se me había olvidado lo tarde que es –explicó Tallic, mirando su reloj–. Tengo que entrar a trabajar dentro de poco, así que os dejo. Que lo paséis bien.

Entonces se marchó, aunque en realidad todavía le quedaba bastante para entrar al trabajo.

El piso de su prima, en el que ya habían estado apretujados, se convirtió en un infierno. Daba igual la hora que fuera, por la mañana o por la noche, siempre que se atrevía a salir de su habitación se encontraba con Gareth.

–Los novios no se pueden quedar a vivir en el piso –dijo un día Amanda, enfadada ante la situación–. Ésa fue la regla que establecimos, pero él está siempre aquí.

–No vive en el piso –contestó Josie–. Simplemente… a veces se queda a dormir.

–Siete noches a la semana no se puede calificar como «a veces» –espetó Amanda.

Tallie hizo todo lo que pudo para ser discreta. Hablaba sólo si se le preguntaba y no mostraba ninguna expresión en la cara; estaba dispuesta a no revelar cuánto daño le hacía oír o ver a Gareth.

Un día al llegar del trabajo se lo encontró solo en el piso. Obviamente consternada se detuvo en seco al verlo y, entonces, murmurando algo, se dirigió a su habitación.

–Perdona –fue todo lo que dijo.

–Mira, Natalie... –comenzó a decir él, siguiéndola– ¿podemos suavizar un poco las cosas? –preguntó, casi irritado–. Es muy desagradable que te comportes como si yo hubiera hecho algo terrible. Y Josie me ha dicho que te vas a mudar. Por Dios, nunca hubo nada entre nosotros. Tú eras la hermana pequeña de Guy, eso era todo.

–Y tú sólo fuiste amable conmigo... dedicándole a una niña un par de días, ¿verdad?

–Bueno, nunca podría haber sido nada más.

–¿Por qué no? –exigió saber Tallie, a quien ya no le importaba nada–. ¿Soy tan repulsiva?

–No, desde luego que no –contestó él de mala gana.

–¿Entonces qué es? Realmente me gustaría saberlo.

–¿Estás segura? –preguntó Gareth, vacilando, obviamente avergonzado–. Mira, Natalie, era obvio que nunca habías hecho nada... y yo no podía soportarlo.

–Pensaba que a los hombres les gustaba eso... –contestó ella– saber que son los primeros.

–A mí no. Todavía no se me han curado las cicatrices de la única vez que lo hice con una virgen. Dios, tuve que estar horas suplicando y después ella esperaba que yo estuviera eternamente agradecido.

Tallie recordó las conversaciones de las chicas del colegio, en las cuales se decía que la primera vez dolía, que era muy decepcionante… pero que la segunda las cosas comenzaban a mejorar.

–Bueno, fuera quién fuera, y créeme, no quiero saberlo, la compadezco –dijo, entrando en su habitación y cerrando la puerta tras ella.

La manera en la que Gareth había hablado de su falta de experiencia sexual no le había gustado nada y aquélla había sido la última vez que había hablado con él.

Pero no se lo podía quitar de la cabeza… él era la imagen de William, el héroe de su novela.

No podía continuar sintiéndose abatida para siempre… sobre todo no en aquella maravillosa habitación. En realidad, le encantaba todo el piso, aunque especialmente la cocina y el cuarto de baño que había en la habitación. Pero su estancia favorita era el despacho; era una sala muy grande y con mucha luz.

Había colocado su ropa en el armario de la habitación principal... junto a la cara colección de trajes y camisas que allí había. Pero la cómoda, los cajones y las estanterías, donde le sorprendió ver libros de Matemáticas y Ciencias, estaban bajo llave.

Se levantó y agarró las páginas que había terminado. Entonces las metió en una carpeta y se dirigió a la cocina para preparar pasta.

Comió en una bandeja en el salón, donde puso la televisión para ver una serie que le gustaba. Antes de que ésta comenzara, como ya había terminado de cenar, llevó la bandeja a la cocina y metió los cacharros sucios en el lavavajillas.

Cuando regresó al salón, se percató de que la serie que quería ver empezaría con retraso debido a un avance de noticias que estaban echando sobre la delicada situación en Buleza, África. Los británicos que allí había habían sido por fin evacuados, pero había habido cierta preocupación por un pequeño grupo de ingenieros que había estado construyendo un puente y que se había visto afectado por los altercados. Aunque afortunadamente los habían encontrado y llevado a la frontera.

Cuando hubo terminado de colocar la compra, Tallie estaba agotada. Decidió que se daría una ducha antes de preparar la cena.

Entró a su habitación y eligió ropa interior limpia, así como unos pantalones de algodón y un jersey. Los dejó sobre la cama y se dirigió al cuarto de baño, donde se desnudó y dejó su ropa sucia en el cesto de la colada. Entró a la ducha y se lavó el pelo y el cuerpo.

Y entonces, de repente, fue consciente de que ya no estaba sola. Vio una sombra negra al otro lado de la mampara de la ducha y sintió el aire frío sobre su piel cuando los cristales se abrieron de par en par y vio a un completo extraño allí de pie.

El hombre, de pelo negro y penetrantes ojos verdes, la miró de arriba abajo.

Instintivamente ella se echó para atrás y trató de gritar, pero no le salió la voz.

–Cierra el agua –ordenó el hombre con dureza–. Y ahora, tienes un minuto para explicarme quién eres y qué haces en mi piso… antes de que telefonee a la policía.

Al mencionar él a la policía, Tallie se tranquilizó un poco, ya que se dijo a sí misma que un ladrón o un violador no amenazaría con ello... Además, él se había referido a «su piso». No comprendía nada. Temblando y sintiéndose extremadamente avergonzada, cerró el agua.

–Estoy esperando –insistió él, agarrando una toalla y tirándosela a ella.

–Estoy cuidando el piso mientras el señor Benedict está fuera –contestó Tallie, arropándose con la toalla.

–¿Ah, sí? –dijo él, mirándola de nuevo de arriba abajo–. Bueno, pues el señor Benedict ya ha vuelto y yo no contraté a nadie, así que te sugiero que te inventes otra excusa mejor.

–No, usted no comprende –intentó aclarar Tallie, apartándose un mechón de pelo de la cara. Pero al hacerlo la toalla se resbaló. Ruborizada, la agarró–. Tengo un acuerdo con Kit Benedict... que está en Australia. ¿Es usted... un miembro de su familia?

–Soy el miembro más importante de su maldita familia –contestó él con mucha frialdad–. Desafortunadamente, Kit es mi hermanastro y supongo que tú eres una de sus pequeñas bromas... o la compensación por alguna fechoría que todavía estoy apunto de descubrir. Una forma de pagarme en especias. Mi regalo de regreso a casa.

El hombre frunció el ceño de nuevo y Tallie se sintió invadida por el pánico.

–En circunstancias normales, desde luego, no tocaría el regalo de despedida de Kit –continuó él–. Pero durante los horribles días anteriores no ha habido nada normal y quizá encontrar a una bella chica desnuda en mi ducha sea perfecto. Una indirecta para decirme que quizá unas horas de diversión es justo lo que necesito.

Entonces comenzó a desabrocharse la camisa.

–Prepara otra vez la ducha, cariño, y me reuniré contigo.

–No se acerque a mí –ordenó Tallie, apretándose contra la pared–. Yo no soy el regalo de bienvenida de nadie, y menos aún de su hermano. Teníamos... un acuerdo de trabajo...

–Está bien –concedió él, dejando caer la camisa al suelo y desabrochándose los pantalones–. Ahora tienes un acuerdo conmigo... sólo que las condiciones han cambiado un poco.

–No lo comprende –insistió ella más enérgicamente–. Estoy aquí para cuidar la casa. Para nada más.

–Entonces cuídame a mí –sugirió él con serenidad–. Puedes comenzar lavándome la espalda.

–No –contestó ella–. No lo haré. Y le advierto una cosa; si se acerca a mí... si se atreve a ponerme una mano encima, haré que lo condenen por violación. Se lo juro.

En ese momento, se creó un tenso silencio, tras el cual él habló con suavidad.

–Parece que hablas en serio.

–Así es –concedió ella, levantando la barbilla–. Y también será mejor que usted me crea cuando le digo que no tengo nada con Kit, que no lo he tenido nunca y que jamás lo tendría. Creo que, a su manera, él es tan detestable como usted.

–Gracias.

–Vine aquí simplemente para hacer un trabajo y, hasta hace unos minutos, ni siquiera sabía que usted existía. Pensaba que éste era el piso de Kit.

–Estoy seguro de que a él le gustó dar esa impresión –dijo el hombre, encogiéndose de hombros–.

Siempre ha sido así. Pero permíteme que te asegure que el piso es mío, así como todas sus pertenencias... como la toalla que sujetas y la cama donde aparentemente has estado durmiendo. En realidad, muy a mi pesar, soy el anfitrión ocasional de Kit. Y ahora mismo, por alguna razón que estoy seguro querrás compartir conmigo, también lo soy de ti.

–Desde luego que me doy cuenta de que le debo... una explicación –contestó ella.

–Quizá debiéramos posponer cualquier discusión acerca de nuestras deudas para un momento más conveniente.

–Las razones que tengo para estar aquí son perfectamente legales. No... no tengo nada que esconder.

–¿No? –preguntó él con cinismo. Entonces se acercó a agarrar un albornoz que había colgado detrás de la puerta del cuarto de baño–. Ahora pretendo ducharme, tanto si te quedas ahí como si no –añadió, acercándose a ella–. Así que te sugiero que te pongas esto y que desaparezcas... si tu casta oposición a complacerme es sincera.

Entonces hizo una pausa, sujetando el albornoz.

–¿Es así? ¿O podría persuadirte para que le ofrezcas a este viajante tan cansado el placer de tu precioso cuerpo?

–No –contestó Tallie–. No podría hacerlo.

–Entonces vete –ordenó él, dándole el albornoz–. Pero debes saber que todavía estoy considerando denunciarte por allanamiento de morada. Aunque sería una ayuda para tu caso si me preparas una buena taza de café, negro y caliente.

–¿Es eso una orden? –preguntó ella, intentando desafiarle.

–Sólo una sugerencia –contestó él–. Sugerencia que harías bien en considerar.

Entonces observó cómo ella se daba la vuelta para quitarse la toalla y ponerse el albornoz.

–Tu recato es encantador, aunque un poco tardío –comentó secamente–. Enseguida me reuniré contigo para tomar café. Y ni siquiera pienses en marcharte porque no me parecería divertido.

–¿Se refiere a antes de que haya contado las cucharas de plata? –preguntó ella, mirándolo.

–Antes de ciertas cosas –contestó él, quitándose los pantalones–. Sugiero que tomemos café en el salón, ya que es territorio neutral, a no ser que tú tengas otra idea más interesante –añadió, agarrando la cinturilla de sus calzoncillos–. ¿No? Ya me lo esperaba.

Cuando finalmente se quitó los calzoncillos y se metió en la ducha, Tallie se dio la vuelta y salió de allí a toda prisa. Disgustada, oyó cómo él se reía en alto.

Capítulo 3

MIENTRAS preparaba café, Tallie pensó que deseaba poder salir corriendo de aquel piso... pero no podía. No tenía dónde ir y casi todas sus pertenencias se encontraban en la habitación principal... así como el dueño del piso. Incluso su ropa limpia estaba sobre la cama...

Aquel hombre no había tenido vergüenza en desnudarse delante de ella, lo que casi había sido un insulto.

Pensó que su acuerdo con Kit Benedict había sido verbal y que no tenía ningún documento que corroborara que éste la había contratado para cuidar el piso. El verdadero propietario, fuera quien fuera, tenía todo el derecho a denunciarla por allanamiento de morada.

Estremeciéndose, se percató de lo obvio; había demasiadas cosas ocultas en su acuerdo con Kit Benedict como para que fuera sincero. Había sido una estúpida al ignorar la contradicción entre lo alocado que era Kit y el remanso de paz que suponía aquel lujoso piso.

Salió al pasillo y vio que la puerta de la habitación principal estaba cerrada. No se oía ningún ruido y la paz que tanto había ansiado se convirtió en un silencio opresivo.

Volvió a la cocina y se dijo a sí misma que tenía que olvidar lo que había ocurrido en el cuarto de baño y comportarse con normalidad.

Colocó la cafetera con unas tazas en la bandeja y se dirigió al salón, donde la colocó sobre una preciosa mesa de nogal.

Se dijo a sí misma que a los hombres les gustaba la televisión. Lo primero que solían hacer su padre y Guy cuando llegaban a casa era encender la televisión, tanto si había algo que querían ver como si no.

Encendió el televisor y sintonizó uno de los canales más importantes. Parecía que estaban emitiendo las noticias; vio cómo aterrizaba un avión, del cual bajó un grupo de mugrientos hombres despeinados. Iba a cambiar de canal cuando se fijó con detalle en los hombres. Uno de ellos le era terriblemente familiar.

Pensó que no, que no podía ser.

–Los ingenieros británicos que tuvieron dificultades debido a la guerra civil de Buleza están muy contentos de estar de nuevo en casa –dijo el reportero de la televisión–. En la conferencia de prensa que siguió a su llegada, Mark Benedict, el responsable principal del proyecto para construir el puente en Ubilisi, dijo que éste había sido un blanco muy importante para las fuerzas de la oposición y, como resultado, ha sido completamente destruido.

Mark Benedict. Tallie se dio cuenta de que él había dicho la verdad.

Oyó unas pisadas detrás de ella y se dio la vuelta.

–¡Dios mío! –exclamó–. Ha estado allí, en ese país africano donde ha habido esas luchas tan terribles.

–Sí –contestó él–. Y créeme, no necesito que me

lo recuerden –añadió, quitándole el mando a distancia y apagando la televisión.

Impresionada, Tallie se percató de que apenas podía reconocerle. No era su prototipo de hombre, pero al verlo afeitado y bien peinado tuvo que admitir que tenía una cara llamativa, con los pómulos marcados y una arrogante barbilla.

Había algo duro en él, algo de lo que Kit carecía. Tenía una vieja cicatriz en una de las mejillas y la marca de una herida reciente en la comisura de los labios.

Su pelo oscuro brillaba y se había vestido con unos chinos y un polo negro.

–Lo primero... –comenzó a decir él, mirando la bandeja de café– es que puedes llevarte la leche y el azúcar porque nunca tomo. Y ya que vas a la cocina, tráeme una taza grande. Y trae otra para ti.

–¿Es necesario? –preguntó Tallie, levantando la barbilla–. Después de todo, no es que sea una cita de sociedad.

–También se pueden hacer negocios tomando café –contestó él con firmeza–. Así que por qué no haces lo que te pido, señorita... umm...

–Paget –se presentó ella–. Natalie Paget.

–Yo soy Mark Benedict, como supongo que ya sabes –dijo él, haciendo una pausa a continuación–. Por favor, no te quedes tan impresionada; te aseguro que para mí todo esto es tan desagradable como para ti. Así que sentémonos de una manera civilizada a hablar de la situación.

–Civilizada –repitió ella, marchándose a la cocina.

Pensó que el hecho de que él quisiera hablar sobre la situación significaba que no estaba planeando denunciarla de inmediato. Pero percatarse de que todo lo que llevaba puesto era el albornoz de él la hacía estar en desventaja.

Cuando regresó al salón, aceptó la taza que le sirvió Mark y se sentó en el sofá que había frente a él. Escondió sus desnudos pies bajo el albornoz.

–Así que... –comenzó a decir él sin ningún rodeo– dices que Kit está en Australia. ¿Cuándo se ha marchado y por qué?

–Se marchó a finales de la semana pasada –contestó Tallie–. Creo que era un viaje de negocios... para visitar varios viñedos en representación de la empresa para la que trabaja.

–Bueno, bueno –dijo Mark, relajando la expresión de su cara–. Apuesto a que Veronica no pensó que eso fuera una opción cuando consiguió el trabajo para su niño –entonces hizo una pausa–. ¿No te pidió que fueras con él?

–Desde luego que no –contestó Tallie, indignada–. Apenas lo conozco.

–Muchas veces eso no tiene nada que ver –murmuró él–. Y, en lo que se refiere a Kit, podría incluso ser una ventaja. Lo que no comprendo es que, si hace tan poco tiempo que lo conoces... ¿cómo te ha dejado quedarte aquí?

–Fue sugerencia suya –dijo ella a la defensiva–. Él sabía que yo estaba buscando un lugar barato donde poder quedarme durante algunos meses.

–¿Consideras esto como una especie de albergue? –quiso saber Mark.

–No... todo lo contrario... de verdad –respondió Tallie, ruborizada–. Supongo que cuando vine y vi lo lujoso que era el piso debería haberme dado cuenta de que había algo... que no era normal sobre el acuerdo.

Pero estaba desesperada y lo suficientemente agradecida como para no preguntar demasiado. Y, de todas maneras, pensé que podría devolverle el favor siendo la mejor cuidadora de pisos del mundo. Lo iba a cuidar como si fuera mío… incluso mejor.

–O, consciente de que él se iba a marchar, podrías haber decidido ocupar la casa sin autorización –dijo Mark con dureza.

–No, te juro que eso no es así –negó ella, mirándolo a los ojos y comenzando a tratarle con más confianza–. Si no me crees, pregúntale a mi ex jefe del bar de copas. Él estaba delante cuando tu hermano me hizo la oferta. Además, un ocupa no les mandaría el correo a los abogados, ni tendría una llave, ni sabría el código de seguridad… nada de eso.

–¿Has estado trabajando en un bar de copas? –preguntó él, frunciendo levemente el ceño.

–¿Por qué no? –retó ella–. Es un trabajo muy respetable.

–Respetable… seguro –contestó él, analizándola con la mirada–. ¿Pero como trabajo? Habría pensado que aspirarías a algo mejor.

–Bueno… –dijo Tallie con tensión– como somos unos completos extraños, no comprendo cómo puedes juzgarlo. Además, siempre he trabajado como secretaria durante el día. El bar suponía… dinero extra.

–Me he percatado de que estás hablando en pasado –comentó Mark Benedict–. ¿Tengo que dar por supuesto que ya no estás trabajando?

–Ya no tengo ningún salario –admitió ella–. Pero estoy trabajando.

–¿En qué? Tus discutibles labores como cuidadora de pisos no te ocuparán muchas horas.

–Estoy comprometida con… con un proyecto privado.

–Como te has colado en mi casa, creo que las reglas normales de privacidad no se aplican. ¿Cómo planeas ganarte la vida?

–Estoy escribiendo una novela –contestó Tallie, mirándolo.

–¡Cielo santo! –exclamó él sin comprender–. Me imagino que será para niños.

–¿Por qué imaginas eso? –quiso saber ella con actitud desafiante.

–Porque tú misma no eres más que una niña.

–Tengo diecinueve años –informó fríamente.

–Ya me quedo más tranquilo –contestó Mark con ironía–. ¿Qué clase de libro es?

–Es una historia de amor –contestó ella, levantando la barbilla.

–Me impresionas. Supongo que será un asunto en el que tengas mucha experiencia, ¿no es así? –se burló él.

–Tanta como necesito –dijo Tallie, furiosa al percatarse de que se había ruborizado de nuevo.

–En otras palabras… no tienes mucha experiencia en el amor –respondió él, sonriendo abiertamente–. A no ser que yo esté equivocado… lo que creo que no es cierto, a juzgar por la manera en la que te has aterrorizado cuando me he acercado a ti hace un momento.

Tallie se ruborizó aún más y pensó que parecía que llevaba la palabra «virgen» tatuada en la frente.

–¿Y has apostado tu futuro económico en esta improbable empresa? –continuó él.

Ella se sintió tentada de hablarle de Alice Morgan para hacerle ver que no tenía pájaros en la cabeza, sino que aquello era un riesgo calculado y muy bien pensado… pero no era asunto suyo.

–Sí –contestó con frialdad–. Lo he hecho.

–Bueno… –dijo él– eso explica por qué te aferraste a la oportunidad de vivir aquí. ¿Le estás pagando alquiler a Kit?

Tallie negó con la cabeza.

–Sólo pago mi parte de las facturas.

–Que pueden ser bastante caras para un sitio como éste. ¿Cómo puedes permitírtelo?

–Por haber estado trabajando día y noche durante meses. He ahorrado cada céntimo que he podido –contestó ella con dureza.

–¿Dónde vivías antes de mudarte aquí?

–Compartía piso… –contestó Tallie– con mi prima y una amiga suya.

–Excelente –comentó él–. Entonces tienes un lugar al que regresar.

–No… no… no lo tengo. No puedo… volver ahí.

Tallie esperó que él le exigiera más explicaciones, pero en vez de eso le habló de manera terminante.

–Entonces tendrás que encontrar otro lugar… y rápido. Porque aquí no puedes quedarte.

Impresionada, ella pensó que aquél había sido el lugar perfecto hasta que Mark había aparecido y no se iba a rendir sin luchar.

–Pero no hay ningún lugar al que pueda ir. Además, tu hermano me invitó a quedarme. Confiaba en él, ¿eso no te importa?

–En absoluto –contestó Mark bruscamente–. Y si le conocieras mejor o hubieras utilizado un poco de sentido común, te habrías ahorrado muchos problemas. Porque Kit no tiene ningún derecho a realizar ningún acuerdo de ese tipo contigo, ni con nadie. Y en el futuro, él tampoco se va a quedar aquí –añadió en tono grave–. No me importa la reacción de Veronica.

–¿Es ella la madre de Kit? –preguntó Tallie.

–Desafortunadamente, sí.

–Entonces quizá yo pueda hablar con ella de todo esto. Le puedo pedir que se ponga en contacto con Kit para resolver el problema. Después de todo, su madre debe saber que el piso no es de él y tal vez pueda ayudar.

–No te lo recomiendo. Para empezar, Kit es su ojito derecho y según ella no puede hacer nada malo. Te echaría las culpas a ti por haber malinterpretado uno de los amables actos de su querido hijo –contestó Mark con voz cínica–. Aparte de que ella siempre ha considerado cualquier cosa que esté a nombre de los Benedict como propiedad comunal y ha animado a Kit a hacer lo mismo. Casi seguro que te considerará una cazafortunas y creerá que él se ha ido a Australia para alejarse de ti –añadió.

–Eso es ridículo –contestó Tallie, poniéndose tensa.

–Sin duda, pero eso no la detendrá. Y te puedo asegurar que una aspirante a escritora sin dinero no es lo que ella tiene en mente para su único retoño. Si yo fuera tú, evitaría encontrarme con ella.

–Si fueras yo... –dijo Tallie– no estarías metido en este embrollo.

–No, no lo estaría –contestó él, sonriendo renuentemente.

–¿Ahora qué ocurre? ¿Me vas a echar a la calle?

Mark mantuvo silencio durante un momento y esbozó una mueca.

–¿Cuánto tiempo llevas viviendo en Londres?

–Un año –contestó ella a la defensiva, suponiendo lo que iba a preguntar él.

–¿No es ese tiempo suficiente para haber hecho amigos que te aceptaran en sus casas temporalmente?

Tallie negó con la cabeza sin mirar a Mark. Pensó que seguramente parecería patética. No tenía amigos, aunque varias de las chicas con las que había trabajado la habían invitado a tomar algo después del trabajo, lo que quizá hubiera supuesto un primer paso para entablar amistad. Pero siempre se había visto obligada a negarse, ya que tenía trabajo y debía ahorrar cada céntimo de su salario para el futuro.

Tenía a Lorna, que era una amiga del colegio, la cual la ayudaría si pudiera. Aunque no era justo ponerla bajo ese tipo de presión. No, tenía que encontrar ella sola la solución.

–¿Y antes de vivir en Londres? –preguntó él, suspirando bruscamente–. No, no me lo digas. Vivías en casa de tus padres, seguramente en un agradable pueblo lleno de gente amable.

–¿Y si fuera así? –exigió saber Tallie.

Se fijó en que Mark parecía cansado y se advirtió a sí misma que tuviera cuidado, ya que si no iba a comenzar a sentir pena por él.

–¿Qué hay de malo con la vida de los pueblos? –continuó.

–En teoría nada –contestó él–. Pero en la práctica no es la mejor manera de prepararte para la vida en la gran ciudad. El cambio es demasiado grande. Y ésa es la razón por la que no me puedo desembarazar de ti ahora mismo... como me gustaría hacer. Sería como lanzar a un cachorrito de perro a la autopista.

–Eso es muy arrogante –comentó ella, indignada–. No me trates como si fuera una niña.

–Bueno, tú no aceptaste mi buena disposición a tratarte como una mujer –contestó él–. Si recuerdas... –entonces la miró descaradamente de arriba abajo.

Dejó claro que no había olvidado su primer encuentro.

–Así que mientras sigas bajo mi techo... –continuó–. Tal vez yo tenga que adoptar una actitud autoritaria, ya que será más seguro. ¿Estás de acuerdo?

–Supongo... –comenzó a decir ella con una contenida voz–. Créeme, si tuviera algún lugar al que ir ahora mismo, ya estaría de camino...

–En ese caso, ¿por qué no te gastas algunos de tus ahorros en comprar un billete de tren para regresar a tu pueblo? ¿O no te llevas bien con nadie de tu familia?

–Sí, desde luego que sí. Mis padres son encantadores –contestó Tallie, tragando saliva–. Pero, aun así, no comprenderían lo que estoy tratando de hacer, el por qué deseo tanto ver si puedo terminar este libro y que me lo publiquen. No comprenderían por qué quiero hacer carrera como escritora.

–Seguro que si les explicas... –comenzó a decir Mark Benedict.

–No funcionaría. Pensarían que estoy siendo una tonta, que vivo en un mundo de sueños, y querrían que volviera a mi antigua vida y que tratara la escritura como si fuera un hobby. Pero las cosas no son así y es por eso por lo que me tengo que quedar en Londres. Te prometo que no te voy a molestar más de lo necesario –aseguró, levantando la barbilla–. Debe de haber algún lugar que me pueda permitir pagar y lo encontraré, aunque tarde en hacerlo.

–Te deseo suerte –dijo él–. Pero te advierto que será mejor que no tardes más de una semana en hacerlo, mi pequeña intrusa. No sobreestimes mi capacidad para hacer obras benéficas.

–No –contestó Tallie, mirándolo–. Ése no es un error que vaya a cometer.

–Bien –dijo él–. Y quiero que tus pertenencias y tú, que todo rastro de ti, estéis fuera de mi habitación y de mi cuarto de baño dentro de una hora. Después, hablaremos del resto de normas.

–He estado utilizando tu despacho para escribir –confesó ella, mordiéndose el labio inferior–. Porque hay una impresora.

–¿Eso has hecho? –preguntó él con frialdad–. Incitada por Kit, sin duda.

–Bueno, sí –concedió ella–. Tengo que admitir que una sala para trabajar como ésa era uno de los mayores atractivos del piso –entonces suspiró–. Supongo que él pensó que era seguro y que, cuando tú volvieras de África, yo ya me habría marchado.

–No –dijo Mark–. Kit no habrá pensado nada de eso. Incluso si no hubiera habido problemas debido a la guerra civil, habríamos regresado a casa en pocas semanas. El proyecto estaba casi terminado y mi hermano lo sabía, como también sabía que no esperaba encontrarle aquí cuando regresara; ya había aguantado demasiado que viviera a mi costa.

Entonces agitó la cabeza.

–Apostaría bastante dinero a que lo ha hecho adrede.

–No lo comprendo –dijo ella–. ¿Por qué querría meterme a mí en vuestro conflicto personal? Si es eso lo que es.

–Oh, supongo que él jamás pensó en tus sentimientos. Tú eras sólo... un medio para lograr algo, una despedida maliciosa antes de alejarse del peligro.

–Nunca antes me habían utilizado de esa manera –comentó ella, respirando profundamente.

–Bueno, no te preocupes por ello –dijo Mark, encogiéndose de hombros–. Kit te ha hecho socia de un club no muy exclusivo –añadió, mirando su reloj–. Y ahora me gustaría reclamar las áreas más personales de mi casa, así que quizá puedas comenzar a retirar tus cosas. Me gustaría que todo estuviera arreglado antes de que salga esta noche.

–¿Vas a salir?

–Sí –contestó él, levantándose–. Como ya te he dicho, necesito descansar y divertirme.

–¿Pero no estás agotado? –no pudo evitar preguntar Tallie. Se sintió muy avergonzada.

–Todavía no, cariño –dijo Mark Benedict, arrastrando las palabras–. Pero espero estarlo antes de que acabe la noche. ¿Alguna pregunta más?

–No –contestó ella, ruborizada.

–Bien –comentó él–. Entonces quizá podrías olvidarte de tu preocupación por mi bienestar y hacer lo que se te ha pedido, por favor.

Tallie se levantó y se reprendió a sí misma por haber sentido pena por aquella mala persona.

Comenzó a dirigirse a la puerta.

–Oh, y quiero que me devuelvas el albornoz –dijo Mark–. En un momento conveniente, por supuesto.

Capítulo 4

CON el pelo ya seco, peinado en un moño, y vestida con unos pantalones vaqueros y un jersey blanco, Tallie comenzó a sentirse un poco mejor.

Había agarrado sus pertenencias y las había colocado en la habitación de invitados. Tras ello, volvió al dormitorio principal para cambiar las sábanas. Puso unas de raso azul oscuras y barrió el suelo para no dejar rastro de ella. Como Mark estaba hablando por teléfono en el salón, incluso le dio tiempo a quitar el polvo.

Su nueva habitación no era tan grande como la que había utilizado hasta aquel día y la cama era mucho más pequeña: era de matrimonio en vez de una cama para un «emperador». Estaba decorada en el mismo elegante estilo antiguo que el resto del piso. Tenía una mesa al lado de la ventana que podría utilizar como escritorio. Además, tenía la ventaja de que los armarios y cajones estaban vacíos, muestra de que Kit se había tomado en serio la orden de desalojo de su hermano.

Desalojo…

Aquella palabra resonó en su mente mientras se recordaba a sí misma que su propia permanencia en aquella casa era temporal y que sólo tenía una semana de plazo para encontrar un lugar donde vivir. Pero todo era muy caro en Londres y seguramente terminaría pagando una fortuna por una diminuta habitación en la que apenas podría moverse.

Aunque podría soportarlo con tal de alejarse de Mark Benedict. Pero para ser justa tenía que admitir que no podía culparle porque quisiera que ella desapareciera de su casa y de su vida. Después de todo, él tenía derecho a su privacidad.

Se preguntó cómo había podido ser tan tonta de creer a Kit, el cual le había llegado a decir que, si aceptaba su oferta de quedarse en aquel piso, en realidad le estaría haciendo un favor a él. Quizá fuera lo único sincero que le había dicho... simplemente no le había explicado la naturaleza del favor.

Pero por lo menos no se había visto forzada a pasar la noche en algún hostal de mala muerte en el que tuviera miedo de cerrar los ojos por si le robaban.

Aunque vio algo bueno en todo aquello; necesitaba un villano para su novela. Alguien duro y grosero que realzara aún más las cualidades de su héroe.

Y Mark Benedict era el prototipo de hombre en el que fijarse para crear a su villano.

Dispuesta a prepararse la cena, se acercó a abrir la puerta de la habitación. Al hacerlo, dio un grito ahogado al ver allí de pie al «villano» con el puño en alto, dispuesto a llamar a la puerta.

–Ya veo que te has acomodado –comentó él, mirando la habitación–. No te acostumbres demasiado a estar aquí.

Tallie pensó que aquello sería difícil teniéndole a él alrededor.

–Y estás levemente ruborizada –añadió Mark–. ¿No será tu conciencia?

–Todo lo contrario –contestó ella–. He pensado que es mejor obedecer todas tus instrucciones al pie de la letra.

–Bueno, pues aquí tienes otra –dijo él con frialdad–. De ahora en adelante, no contestes a mi teléfono. Acabo de tener que pasar bastante tiempo tratando de convencer a alguien de que no he traído aquí a vivir a ninguna mujer a sus espaldas y de que no eres una «amiga», como dijiste, sino un maldito fastidio.

–Oh –dijo Tallie sin darle importancia al asunto–. Me había... olvidado de eso.

Pero en aquel momento lo recordó, así como también recordó la altivez de la voz de aquella mujer y cómo la había sacado de quicio. Se dijo a sí misma que Mark y ella eran tal para cual.

–¿Qué demonios pensabas que estabas haciendo? –exigió saber él, frunciendo el ceño.

–En realidad Kit me dijo que si alguien telefoneaba dijera que era la limpiadora, pero era demasiado tarde cuando tu... cuando tu amiga telefoneó. No era muy creíble que yo fuera a estar aquí quitando el polvo a medianoche. Así que dije lo primero que se me vino a la cabeza.

–Pues es un hábito que sería mejor que abandonaras –sugirió Mark.

–Desde luego –dijo ella–. Y siento si le he hecho daño a... los sentimientos de tu amiga, aunque debo decir que no me dio la impresión de que fuera tan sensible.

Entonces hizo una pausa y respiró profundamente.

–Y espero que ella no descubra tu pequeño vicio... acosar sexualmente a completas extrañas... porque supongo que eso convierte en una nadería mi pequeña metedura de pata y, además, podría enfadarse mucho.

–¡Vaya! –exclamó él–. La niña mojigata es muy astuta. Pero cariño, con sólo mirarte se convencería de que no pasó nada entre nosotros.

Tallie se levantó y miró a Mark. Se sentía como si le hubieran dado un puñetazo en el estómago. Primero Gareth y después aquello… ¡qué malnacido!

Pensó que era la confirmación de que nadie podía desearla.

Sintió un nudo en la garganta y trató con todas sus fuerzas de mantener la compostura.

Se dijo a sí misma que no tenía que importarle lo que él pensara de ella y que, dadas las circunstancias, en realidad era una ventaja que no le resultase atractiva.

–Gracias –dijo–. Eso me… tranquiliza.

Pero notó que veía borroso y rogó a Dios que no le permitiera llorar delante de aquel canalla.

–¿Ocurre algo? –preguntó él.

Tallie negó con la cabeza y se dio la vuelta. Luchó por controlar el llanto que la amenazaba…

–¡Oh, Dios! –exclamó Mark, abrazándola de inmediato y guiándola hacia la cama.

–Déjame en paz –espetó ella, tratando de apartarse de él–. No te atrevas a tocarme.

–Ahora estás comportándote de manera absurda –contestó él, empujándola para que se sentara sobre el colchón. Se sentó a su lado y le dio un pañuelo blanco de lino. La abrazó más estrechamente.

Tallie pensó que en cuanto dejara de llorar se moriría de vergüenza por todo aquello, ya que Mark Benedict era la última persona en el mundo ante la cual querría haber mostrado sus sentimientos de aquella manera.

Sabía que debía apartarlo de ella en vez de hundir la cara en su hombro, pero no podía dejar de llorar.

Cuando por fin se tranquilizó, sintió una extraña sensación de vacío en vez del dolor y enfado que había estado sintiendo.

Repentinamente se percató del físico del hombre que la estaba consolando. Fue consciente de cómo le latía el corazón bajo su mejilla, de la fuerza de su abrazo y del aroma de su piel…

Al apartarle él delicadamente un mechón de pelo de la frente, ella hizo un movimiento brusco y Mark la soltó. Entonces esperó a que se secara la cara con su pañuelo.

Tallie se sintió muy mal al ver que le había manchado la camisa con sus lágrimas.

–Por favor… perdóname. Normalmente no me humillo de esta manera… ni avergüenzo a nadie más –dijo finalmente.

–No me has avergonzado –contestó él–. Lo que me siento es culpable porque parece ser que ha sido mi comentario sobre tu inocencia sexual el que te ha hecho sentir tan mal –añadió–. Pero no comprendo por qué te hace sentir mal, por qué deberías sentirte insultada o molesta porque yo haya supuesto que todavía eres virgen… aunque se pudiera expresar con más delicadeza.

Mark continuó con el tema.

–Después de todo, tomarte tu tiempo antes de involucrarte en una apasionada relación sentimental tiene mucho sentido… sobre todo hoy en día.

–Pero no todo el mundo lo ve de esa misma manera –dijo ella, mirando la moqueta.

–¡Oh, vamos! –exclamó él–. ¿Te ha estado molestando algún jovencito inmaduro porque dijiste que no?

–No –contestó ella–. En absoluto. Lo que ocurrió fue que él… él prefería… mujeres con más experiencia.

Tallie se sorprendió de estar allí sentada contándole a Mark Benedict sus fracasos amorosos. No comprendió por qué había confiado en él…

–Seguro que ese hombre es un completo imbécil –dijo Mark con seriedad–. Y tú, cariño, seguramente te has ahorrado mucho sufrimiento. Felicidades.

–Pero lo amo –confesó ella, que no había planeado hacerlo.

Se creó un incómodo silencio y miró a Mark, que estaba muy serio y con el ceño fruncido.

–Bueno, no te preocupes por ello –dijo por fin él, levantándose–. Dicen que el primer amor es como el sarampión… se pasa muy mal al principio, pero te da inmunidad para el futuro. Uno de estos días te despertarás y te preguntarás qué fue lo que le viste a ese burdo casanova.

–Por favor, no te refieras a él de esa manera –pidió Tallie, levantando la barbilla–. No sabes nada de él… ni de mí.

–Estoy de acuerdo –concedió Mark–. La verdad es que él no me importa nada. Pero te apuesto lo que quieras a que seguro que hay muchas chicas que mañana se despertarán en camas ajenas y se sentirán usadas y decepcionadas, chicas que desearían poder dar marcha atrás en el tiempo y estar en tu lugar, con toda la vida por delante.

Entonces hizo una pausa.

–Además, piensa lo mucho que te hubieras arrepentido si le hubieras dado todo lo que podías ofrecer y aun así él se hubiera alejado de ti.

–Estoy segura de que tu lógica es correcta –contestó Tallie con frialdad–. Pero no me hace sentir mejor.

Como tampoco explicaba por qué estaban manteniendo aquella conversación ni cómo iba a ser capaz de soportar el haberse sincerado con él de aquella manera.

Era consciente de que había permitido que él se acercara a ella demasiado... tanto física como mentalmente.

–Siento... haberte involucrado en todo esto –se disculpó, levantándose–. No volverá a ocurrir. Y sé que... vas a salir esta noche –añadió–. Así que no permitas que yo te entretenga.

–No te preocupes, cariño –dijo él dulcemente, sonriendo pícaramente–. No lo harás –entonces miró la cama, sobre la que estaba el albornoz–. Pero antes de marcharme, quiero que me devuelvas mi albornoz.

–¿No será mejor que primero lo lave? –preguntó Tallie, mordiéndose el labio inferior.

–No hay necesidad –contestó él, tendiendo la mano.

Ella no tuvo otra opción que devolvérselo.

–Apenas te ha dado tiempo a ensuciarlo. Además... guarda recuerdos que saborearé cada vez que me lo ponga –comentó Mark.

Entonces se marchó y Tallie se quedó allí paralizada con el corazón revolucionado.

Mientras comía una ensalada de queso aquella misma noche, Tallie pensó que la semana que entraba iba a parecerle una eternidad.

Se dijo a sí misma que desde ese momento en adelante iba a seguir una política de estricta discreción.

Había comprobado que había un cerrojo en la puerta del cuarto de baño que iba a utilizar desde aquel momento en adelante y se aseguraría de cerrarlo siempre que entrara en él.

Al terminar de cenar y fregar los platos que había utilizado, se dijo a sí misma que por lo menos aquella noche tenía el piso para ella sola y podría volver a trabajar.

Pero al sentarse delante del ordenador tiempo después de que él se hubiera marchado, descubrió que Mark Benedict seguía ocupando su mente en detrimento de la pobre Mariana. Aunque finalmente logró centrarse en la historia de su libro y adelantar un poco su trabajo.

Hugo Cantrell. Así era como iba a llamar a su villano. El comandante Hugo Cantrell... desertor, jugador empedernido y traidor. Incluso quizá haría que fuese un asesino, aunque tenía que pensarlo muy seriamente. Tendría el pelo oscuro, los ojos verdes y sería muy arrogante. E iba a estar destinado a ser ahorcado...

Comenzó a escribir con ganas el primer encuentro de Mariana con el villano, encuentro que tenía que ser muy traumático y memorable... No le iba a ser difícil, debido a la propia vergüenza y humillación que ella misma había sentido hacía pocas horas. Imaginó a Mariana bañándose desnuda bajo el agua de una cascada mientras un extraño se acercaba a mirarla...

–Agua fría y un cuerpo estupendo –dijo Hugo Cantrell–. Exactamente la clase de descanso y esparcimiento que necesita un hombre en un día tan caluroso y polvoriento.

Paralizada por la impresión y el miedo, Mariana observó cómo el hombre ataba su caballo a un árbol antes de quitarse la chaqueta y comenzar a hacer lo mismo con las botas.

Miró su ropa, pero la había dejado demasiado lejos como para poder alcanzarla antes de que él la alcanzara a ella.

Tenía que pensar en algo, ya que Hugo Cantrell se había metido en aquella piscina natural y se estaba acercando...

Entonces recordó lo que su tía Amelia le había dicho; que si alguna vez se encontraba a solas con un caballero que la estuviera presionando demasiado, un golpe con la rodilla en sus partes íntimas le incapacitaría durante el suficiente tiempo como para permitirle a ella correr y buscar ayuda.

Entonces se forzó en esperarle, consciente de que para lograr su propósito debía dejar que él se acercara a ella lo suficiente. Se le revolvió el estómago debido al miedo y al asco que sintió.

Cuando estuvo cerca de ella, pudo ver que él estaba sonriendo de manera triunfal, completamente seguro de sí mismo y de su conquista. También se dio cuenta de lo fuerte que era y sintió crecer dentro de ella una curiosa sensación que le era completamente extraña. Se sorprendió preguntándose a sí misma cómo sería sentir toda aquella masculinidad presionando su cuerpo sin ninguna ropa y aquella sensual boca sobre la suya.

Un extraño aletargamiento se apoderó de su cuerpo y el sonido de la cascada se vio eclipsado por el del latir de su corazón y de su agitada respiración...

Al apartar las manos del teclado del ordenador, Tallie se percató de que ella misma estaba muy agitada. No comprendió qué estaba escribiendo; lo que Mariana tenía que hacer era dañar físicamente a Hugo, no derretirse en sus brazos. Se preguntó si había perdido la cabeza.

Leyó con detenimiento lo que había escrito y, a continuación, borró los ofensivos párrafos. No podía dejar que Mariana actuara de aquella manera, ya que la historia del libro se centraba en que ella se reuniera de nuevo con William, su verdadero amor. Su cuerpo era sólo para él. No podía traicionarlo y menos aún con alguien como Hugo Cantrell, un completo malnacido.

Se dijo a sí misma que a Mariana no le gustaba Hugo, nunca podría gustarle. Ella no podía permitirlo... así como tampoco podía permitir sentirse atraída ella misma hacia aquel... Benedict.

Entonces escribió cómo Mariana le daba un rodillazo a Hugo en sus partes íntimas y cómo éste se daba la vuelta dolorido, momento en el cual ella logró acercarse a su ropa y vestirse. Pero cuando él se recuperó, salió corriendo detrás de ella y le profirió graves insultos. No vio la gran piedra que había agarrado Mariana hasta que no fue demasiado tarde...

El golpe que ella le dio en la cabeza le hizo perder el conocimiento y cayó al suelo, oportunidad que Mariana aprovechó para lanzar las botas de él a la cascada.

Tallie deseó que horas antes en la ducha hubiera habido también una piedra con la cual haber podido golpearle la cabeza a Mark.

Se mordió el labio inferior y pensó que aquel breve instante en el cuarto de baño cuando había visto a Mark desnudo debía haber tenido mayor efecto en ella del que pensaba. Inquietantemente tenía la imagen gravada en su mente, en su subconsciente.

Capítulo 5

TALLIE salió del metro y comenzó a andar hacia el piso. Tenía calor, se sentía muy sucia y pegajosa, pero sabía que era debido a su imaginación.

Sin embargo, no olvidaría en mucho tiempo las negras y brillantes criaturas que había visto al abrir el armario que había debajo de la pila en la habitación amueblada que acababa de ir a ver.

Durante la semana anterior había estado examinando todas las opciones, había recorrido un sinfín de calles, subido incontables escaleras y, aun así, parecía que estaba destinada a quedarse sin hogar en cuarenta y ocho horas.

Se dijo a sí misma que quizá estaba siendo demasiado exigente y que no estaba en situación de elegir, pero la verdad era que cualquier lugar habitable se salía de su presupuesto.

Lo único positivo era que no había visto mucho a Mark Benedict desde aquella tarde en que lo había conocido. Él pasaba muy poco tiempo en el piso y pensó que lo hacía adrede para no tener que verla. Seguro que estaba esperando el momento en el que ella saliera de su casa.

Cuando se levantaba, él ya había salido, y normalmente regresaba muy tarde, si es que lo hacía, por lo que ella disfrutaba del piso durante la mayor parte del día.

Cuantos menos incómodos encuentros tuviera con Mark Benedict, mucho mejor.

Su madre la había telefoneado dos veces la semana anterior y le había preguntado cómo le iba cuidando la casa. Ella se había forzado en admitir que había algunos pequeños problemas, pero había añadido alegremente que no era nada que no pudiera resolver.

Estaba preparando el terreno para el momento en el que tuviera que regresar a la casa de sus padres y reconocer que había fracasado. Tendría que encontrar trabajo en el pueblo e inventarse miles de excusas para no salir con el agradable David Ackland, quien, según le había dicho su madre, había preguntado varias veces por ella.

Lo peor de todo sería tratar de evitar los lugares del pueblo que asociaría con Gareth. Simplemente con pensar en él sentía amargura... como una opresión sobre el pecho.

Pero tenía que superarlo, tenía que prepararse para su futuro... aunque no fuera el que hubiera elegido.

Al entrar por fin en el piso se detuvo. Escuchó el silencio que aseguraba que, de nuevo, estaba sola.

Dejó el bolso en su habitación, se quitó las botas y se dirigió directamente al cuarto de baño para darse una larga ducha.

Cuando terminó, se puso su albornoz de algodón y salió al pasillo... donde se chocó con Mark Benedict.

–¡Oh, Dios! –exclamó–. Eres tú.

–¿Y por qué no iba a ser yo? –preguntó él, mirándola–. Por si no te has percatado, vivo aquí.

–Sí, desde luego –contestó ella, deseando estar

completamente vestida–. Simplemente me he… asustado. Eso es todo.

–Bueno, pues no habrá muchas más ocasiones para que ocurra –dijo Mark–. Como estoy seguro de que ya sabes.

–¿Cómo iba a olvidarme? No te preocupes, me iré cuando acordamos.

–¿Has encontrado ya otro piso?

–Tengo un lugar a donde ir, sí –añadió ella decididamente. No quería hablar más del tema por si se le escapaba que a donde iba a tener que ir era a su casa–. Pero no es asunto tuyo.

–¿No crees que pueda estar un poco preocupado dadas las circunstancias?

–Creo que no es necesario –contestó Tallie, levantando la barbilla–. Y, por favor, no me cuentes más historias de cachorritos abandonados.

–Por el momento… –comenzó a decir él, esbozando una mueca– un gatito medio ahogado parece más adecuado –entonces le apartó a ella un mechón de pelo de la mejilla.

Tallie sintió cómo un escalofrío le recorría el cuerpo y se quedó impresionada ante su inesperada, e insólita, reacción.

–Si todavía te estás preguntando qué hago yo en casa a estas horas… –continuó Mark– es porque unos amigos van a venir a cenar esta noche.

–Oh, en ese caso yo cenaré pronto y te dejaré la cocina libre.

–Yo no cocinaré; utilizo un servicio de catering, pero seguramente que agradezcan tener espacio suficiente en el que maniobrar.

–Naturalmente –concedió ella, esforzándose en sonreír–. Está hecho.

–Y cuando tenga más tiempo, me podrás hablar acerca de tu nueva casa... Tallie.

Estaban en la puerta de su dormitorio, pero ella se dio la vuelta a la defensiva.

–¿Cómo has sabido que me llaman así?

–Porque alguien ha dejado un mensaje para ti en mi contestador automático y ése fue el nombre que utilizó, en vez de Natalie.

–Oh, cielos, mi madre... –comentó Tallie, ruborizándose.

–Yo creo que no era ella. El nombre que dejó era Morgan... Alice Morgan. Quiere que la telefonees –Mark la miró con curiosidad–. ¿Sabes quién es?

–Sí, es la agente que va a tratar de vender mi libro cuando lo termine –contestó ella–. Lo siento. Todavía no le he mencionado que me voy a mudar, pero le diré que no telefonee aquí de ahora en adelante. No te molestará de nuevo.

–Por el amor de Dios –dijo él–. No supone ningún problema... si ella tiene que ponerse en contacto contigo. ¿Y por qué no debería yo saber que te llaman Tallie?

–Porque Tallie es como se refiere a mí la gente de mi confianza –contestó ella con frialdad.

–Por lo que supongo que no me vas a mandar ninguna tarjeta de navidad –comentó él, apoyándose en la pared.

–Creo que es mucho mejor si seguimos tratándonos de una manera... formal.

–No obstante, debes admitir que la formalidad es un poco difícil... dadas las circunstancias –dijo Mark, empleando un tono sarcástico.

–Circunstancias que yo no elegí. Ahora, si me

disculpas, estoy segura de que ambos tenemos mejores cosas que hacer.

Con la cabeza erguida, entró en su dormitorio y cerró la puerta con firmeza tras ella. Trató de calmarse, ya que tenía el corazón revolucionado. No comprendía por qué aquel hombre la afectaba tanto y no quería que él se diera cuenta de ello.

Mientras se vestía sonrió al recordar que, a pesar de sus problemas, el libro parecía marchar realmente bien. Y una de las principales razones era haber introducido el personaje de Hugo.

En un par de semanas estaría preparada para mostrarle a Alice Morgan sus progresos.

O podría hacerlo... si pudiera trabajar en el libro durante las semanas en cuestión.

Se ordenó a sí misma que no fuera negativa, ya que, por lo menos, tenía una larga tarde por delante.

Mientras tostaba pan y calentaba unas judías para su cena, se preguntó si la mujer que había telefoneado a Mark estaría entre los invitados. Claro que no era asunto suyo ni le preocupaba y, además, si la mujer se quedaba a pasar la noche, ambos dormitorios estaban lo suficientemente separados como para ahorrarle algún momento incómodo.

Cenó y fregó sus platos tras hacerlo. Se preparó una taza de café antes de marcharse a su habitación.

Al salir al pasillo vio de nuevo a Mark, que estaba hablando por el teléfono inalámbrico.

–Mira, no te preocupes por eso –estaba diciendo–. Me alegro de que Milly y tú estéis bien. No, está bien. Puedo apañármelas. Reservaré una mesa en cualquier restaurante –entonces escuchó durante un momento y asintió con la cabeza–. Asegúrate de que os hacen una buena revisión médica a ambos. Buenas noches, Fran. Estaré en contacto.

Al ver a Tallie esbozó una mueca.

–Los propietarios de la empresa de catering –dijo–. Un coche salió a la calle principal sin mirar y se chocó directamente con ellos. No están gravemente heridos; parece que sólo tienen magulladuras y que están en estado de shock. Pero su furgoneta ha sido declarada siniestro total y, por supuesto, no pueden preparar la cena de esta noche.

–¡Oh! –exclamó Tallie–. ¿Qué vas a hacer?

–Tratar de encontrar algún restaurante que pueda dar de comer a seis personas, aunque no tengo mucha esperanza, ya que no tengo mucho tiempo.

–¿No puedes cocinar algo tú mismo? –sugirió ella, mirando su reloj–. Tienes suficiente tiempo.

–Tristemente no tengo esa habilidad –contestó él–. Todo lo que sé hacer son huevos... hervidos, revueltos o fritos. Y no es muy adecuado dadas las circunstancias. Supongo que no conocerás a ningún cocinero en Londres, alguien que quiera ganar un dinero extra antes del turno de noche.

–Yo puedo cocinar –dijo repentinamente Tallie.

Se creó un breve silencio, tras el cual Mark habló con mucha educación.

–Estoy seguro de que puedes. ¿Qué ibas a sugerir... espaguetis con salsa boloñesa?

–No –contestó ella–. Te estás comportando de manera condescendiente de nuevo, justo cuando estoy tratando de ayudar.

Entonces hizo una pausa.

–El plato que mi madre preparaba en caso de urgencia; pollo mediterráneo con arroz al azafrán. Es muy rápido y tiene un sabor delicioso. Sugiero algo muy simple para empezar, como salmón ahumado y un flan de frutas de la tienda de la esquina. Un poco de crema de Chantilly lo haría más especial.

–Estás hablando en serio, ¿verdad?

–Hace una semana podías haberme echado de tu casa, pero no lo hiciste. Esto nos hace estar en paz –contestó ella.

–Entonces te digo que estaré eternamente agradecido. Hazme una nota con todo lo que necesites e iré a comprarlo –dijo él, respirando profundamente.

–No me puedo creer que vayas a ir tú al supermercado.

–¿Quién está siendo condescendiente ahora? –preguntó Mark con el brillo reflejado en los ojos.

Tallie escribió una lista con las cosas que necesitaba y se la dio a él, que la leyó en silencio.

–¿Anchoas? Creo que a Sonia no le gustan.

–¿Es ésa la señorita que te telefoneó? –no pudo evitar preguntar Tallie–. Oh, Dios, lo siento –añadió, ruborizándose–. No es asunto mío.

–Efectivamente. Y Recuérdalo –sugirió él adustamente.

–Sí… sí, desde luego. Y las anchoas se disuelven al cocinarlas –explicó, consciente de que estaba hablando atropelladamente debido a la vergüenza que sentía–. Tu… tu amiga ni siquiera sabrá que están ahí, te lo prometo. Como tampoco sabrá que estoy yo.

–¿Estás planeando disolverte tú también?

–No –contestó Tallie fríamente–. Simplemente me mantendré al margen. Después de todo, tienes que admitir que apenas he molestado durante esta semana.

–Eso… –dijo Mark Benedict– es una cuestión de

opinión. Pero no lo discutamos ahora porque tengo que ir a comprar.

Cuando él se marchó, Tallie fue al salón. Encontró un elegante mantel y servilletas a juego. Los colocó en la mesa y puso seis cubiertos de plata junto con vasos de vino. También puso los platos y, cuando estaba colocando el último, Mark regresó.

–Has estado ocupada –comentó, deteniéndose en la puerta del comedor antes de entrar en la cocina.

–Dijiste que ibais a ser seis personas, ¿verdad?

Mark asintió con la cabeza.

–Mi prima, Penny, con su acompañante actual, Justin Brent, Charlie y Diana Harris, y Sonia. Y yo, desde luego. Naturalmente que tú estás invitada a acompañarnos.

–Eres muy amable –contestó ella educadamente–. Pero ya he cenado.

En realidad, aunque estuviera muriéndose de hambre habría dicho que no.

Comenzó a sacar la compra de las bolsas y se sintió casi decepcionada de que él no se hubiera olvidado de comprar absolutamente nada.

–¿Puedo hacer algo? –preguntó Mark, apoyado en la puerta de la cocina.

–No, gracias. Ahora ya tengo que hacerlo yo todo –contestó Tallie. Comenzó a cortar cebolla y a rezar para que la presencia de él no le perturbara hasta el punto de cortarse un dedo–. No tienes por qué quedarte ahí. No incluí veneno para ratas en mi lista, así que no te preocupes.

–¿Te doy esa impresión? En realidad sólo estaba admirando tu eficiencia.

–Y al mismo tiempo comprobando que realmente sé lo que estoy haciendo –Tallie lo miró fijamente–.

No obstante, no estoy acostumbrada a tener público, así que si estás lo suficientemente tranquilo, quizá podrías ir a ver... qué vino quieres servir y ese tipo de cosas.

–Entonces me voy a elegir el vino –dijo él, esbozando una mueca–. ¿Quieres que te traiga algo de beber para que te ayude en tu trabajo?

–Creo que necesito toda mi concentración, gracias –contestó ella remilgadamente–. Pero sí que necesito vino blanco para la salsa. Nada demasiado especial.

Mark le ofreció una marca de vino que ella aceptó asintiendo con la cabeza.

–Y, por favor, trata de tranquilizarte, cariño –pidió él–. Recuerda que me estás haciendo un gran favor, no estás pasando ningún examen crucial.

Tallie pensó que aquello era muy fácil de decir, aunque no sabía por qué estaba tan nerviosa ni por qué se había ofrecido para preparar la cena. Había sido absurdo.

Pero de alguna extraña manera tal vez había querido demostrarle que no era una aprovechada con ideas presuntuosas sobre su talento y aversión a trabajar, sino que era una persona normal.

Se centró en su tarea y en poco tiempo el pollo estaba cocinándose en el horno. Preparó el salmón ahumado con limón, pan con mantequilla y cocinó el arroz al azafrán en el último minuto.

Miró la insulsa ropa que llevaba puesta y se preguntó si debía cambiarse y ponerse algo más presentable para recibir a los invitados de Mark.

Pero de inmediato se reprendió a sí misma; se dijo que ella era la sirvienta y que debía estar en la cocina. Además, nadie iba a fijarse en lo que llevara puesto. Todavía menos el anfitrión.

A las ocho de la tarde, sonó el timbre de la puerta y oyó voces y risas en el vestíbulo. Al minuto se acercó a ella una chica alta y morena con una encantadora sonrisa.

–Hola, soy Penny Marshall, la prima de Mark. Supongo que tú serás Natalie Paget, conocida como nuestra salvadora... nos has ahorrado tener que ir la pizzería del barrio.

–No creo que hubiera llegado a eso –contestó Tallie, sonriendo.

–Pero a mí me habría gustado ver la cara de Sonia si hubiera sido así –confesó Penny, bajando la voz–. Incluso casi habría merecido la pena –entonces miró a su alrededor–. ¿Te puedo ayudar en algo?

–Gracias, pero creo que ya tengo todo controlado.

–En ese caso, ¿por qué no vienes al salón y tomas algo de beber con nosotros?

–Es muy amable por tu parte... pero será mejor que no –contestó Tallie, nerviosa.

–No mordemos. Bueno, uno de nosotros quizá sí, pero todavía no ha llegado, así que estarás bastante segura.

–Ya veo –dijo Tallie, forzándose en sonreír–. ¿Estoy en lo cierto si digo que no te gusta la novia de tu primo?

–Digamos que creo que es simplemente una más para Mark –contestó Penny, agitando la cabeza–. Mi primo le tiene fobia al compromiso, lo que es la razón más probable de que pase tanto tiempo en el extranjero cuando hay mucha gente competente que podría sustituirle. Parece que ha salido con todas las féminas londinenses que comparten su misma visión... o que le dicen que la comparten. Si Sonia piensa que es más especial que otras chicas, se está engañando a sí misma.

Sintiéndose culpable, Tallie se percató de que le estaba prestando demasiada atención a aquellas indiscretas revelaciones.

–Bueno, debo continuar con mi labor –dijo con firmeza.

–Pero acabas de decir que todo está bajo control –comentó Penny, sonriendo persuasivamente–. Ven a conocer a los otros mientras la costa está despejada.

–Es que... no sería apropiado.

–¿Porque eres tú la que está cocinando? Oh, vamos...

–No –negó Tallie, mirando fijamente a Penny–. Es porque yo sólo estoy aquí de manera temporal y no de muy buen grado. A tu primo no le gustaría.

–Querida, ha sido idea de Mark. Si no, no me habría atrevido, créeme. Dijo que quizá si te lo proponía otra persona aceptaras.

–Yo creo que las cosas están mejor así –contestó Tallie, mordiéndose el labio inferior.

–Oh... bueno –dijo Penny, suspirando. Se dirigió a la puerta de la cocina, donde se detuvo y se dio la vuelta–. Sólo por interés, y porque soy irremediablemente cotilla, ¿cómo acabaste viviendo aquí? Mark es la última persona en el mundo a quien me imagino alquilando habitaciones.

–Fui yo la que me metí en su casa. La oferta me la hizo Kit Benedict, que me indujo a pensar que el piso era suyo.

–Kit el Maldito, ¿eh? –comento Penny, riéndose–. ¿Cómo no lo había supuesto? Sin duda incitado por su desagradable madre. Haber ocupado Ravenshurst obviamente no fue suficiente para ella. Debe darle mucha rabia saber que hay otra propiedad muy apetecible con la cual no puede quedarse.

–¿Ravenshurst? –preguntó Tallie.

–Era la casa que tenía la familia en Suffolk. Era una preciosa casa antigua en la cual nació Mark. Allí creció perfectamente feliz hasta que la espantosa Veronica le echó las garras a su padre y jugó muy bien sus cartas al quedarse embarazada. Fue muy inteligente, ya que la madre de Mark no podía tener más hijos. Mis padres dicen que fue una época horrible, pero después del divorcio la tía Clare logró recomponerse y compró este piso con un dinero que le había dejado mi abuelo. Logró la custodia de Mark, aunque él tenía que ir a pasar parte de las vacaciones escolares bajo el nuevo régimen que imperaba en Ravenshurst. Te puedes imaginar cómo fue.

–Sí… supongo que sí… más o menos –contestó Tallie.

–En cuanto murió el padre de Mark, Veronica vendió la casa sin consultarle; aprovechó que en aquel momento él estaba en el extranjero. Ella se mudó a Londres y estuvo pasándoselo muy bien. Entonces, seis meses después, se casó de nuevo… con Charles Melrose, de Melrose e Hijos, la familia dedicada al negocio del vino.

–¡Oh! –exclamó Tallie–. Ya veo –añadió, comprendiendo cómo había conseguido Kit aquel trabajo–. ¿Le importó mucho a Mark que se vendiera la casa?

–No habla de ello. Pero creo que los recuerdos que guarda de los últimos años allí no son buenos.

Penny hizo una pausa.

–Y también tenía otro problema.

–¿El qué?

Ninguna de las dos había oído a Mark acercándose, pero allí estaba, apoyado en el marco de la puerta. Tallie se preguntó cuánto habría oído de la conversación y se percató de que se había cambiado de ropa. Se había puesto unos pantalones negros y una camisa del mismo color.

Respirando profundamente, pensó que era increíblemente guapo... pero parecía peligroso. Como una pantera.

–¡Vaya con la tardona Sonia Randall! ¿No puedes enseñarle reglas de urbanidad, cariño? –dijo Penny, sonriendo a su primo pícaramente–. Aunque supongo que la puntualidad no es una de las cualidades que más te gustan de ella, ¿verdad?

–Compórtate –contestó Mark, agarrando un mechón del oscuro pelo de su prima. Entonces miró a Tallie–. De todas maneras me disculpo por el retraso. ¿Se ha estropeado la comida?

–No –aseguró Tallie.

–¿Cómo es que nos va a acompañar esta noche nuestra querida Sonia? ¿Qué ocurrió con Maggie? Me caía bien.

–Está trabajando en Bruselas durante tres meses.

–Bueno, ¿y Caitlin?

–Se ha comprometido con su jefe.

–Ha decidido cortar por lo sano, ¿verdad? –preguntó Penny dulcemente. Pero al ver la mirada que le dirigió Mark, esbozó una expresión de arrepentimiento–. Está bien... lo siento, lo siento. Escribiré cien veces que me tengo que ocupar de mis propios asuntos.

–Si pudiera creer que fuera a funcionar –contestó Mark–. ¿Has convencido a Tallie de que nos acompañe mientras esperamos?

Penny negó con la cabeza.

–Cenicienta se niega en redondo a venir al baile. Parece que la has convertido en una ermitaña… una de las pocas mujeres del mundo que no te encuentra atractivo, querido primo.

–Quizá eso sea mejor, dadas las circunstancias –comentó él secamente.

–¿Lo dices porque es alguien a quien no puedes mandar a su casa por la mañana? –quiso saber Penny–. Y la has convencido de que cocine para ti. ¿Qué será lo próximo?

–Vamos a dejarla tranquila… –contestó Mark con firmeza– antes de que malinterprete tu extraño sentido del humor y me abandone.

Entonces miró a Tallie, que estaba allí de pie en silencio y que se ruborizó sin poder evitarlo.

–Tallie, me disculpo por mi pariente femenino –dijo él.

–Yo siento más o menos lo mismo hacia mi hermano –logró decir ella.

Entonces observó cómo ambos primos se marchaban por el pasillo y se preguntó si realmente no encontraba atractivo a Mark Benedict… o si simplemente era lo que quería pensar.

Capítulo 6

PASARON cuarenta minutos hasta que llegó la última invitada.

–Ya era hora –dijo Tallie entre dientes mientras bajaba de nuevo la temperatura del horno.

Oyó murmullos en el vestíbulo y, entonces, una voz de mujer que le era familiar se alzó sobre las demás... claramente con la intención de que ella oyera lo que iba a decir.

–Mark, cariño, ¿has dejado que esta persona sin techo haga la comida? ¿Estás loco? Dios mío, tendremos suerte si no terminamos en el hospital para que nos hagan un lavado de estómago.

Tallie pensó que, si hubiera alguna manera en la que pudiera hacerlo para que le ocurriera sólo a Mark y a ella, la ambulancia ya estaría de camino.

–Primero necesito algo de beber –añadió la recién llegada–. Y he traído un champán estupendo para celebrar el éxito de mis recientes compras. Sí, cariño, insisto. Unos pocos minutos más no importan, ¡por el amor de Dios! Ya veis, oí este rumor de que Maddie Gould no estaba muy contenta...

Entonces una puerta se cerró y Tallie ya no pudo oír nada más.

Repitió el nombre de Maddie Gould mientras sacaba el salmón ahumado de la nevera. Le era familiar, pero no recordaba de qué…

–¿Puedo llevar algo al salón? –preguntó alguien desde la puerta.

Tallie se dio la vuelta y se quedó petrificada. Le pareció que Gareth estaba allí de pie… pero no era él, sino un hombre rubio, de ojos azules y con unas suaves facciones.

–Oh, Dios, te he asustado y ésa no era mi intención. Me atrajo a la cocina el magnifico olor de la comida.

–¿No estás preocupado por si te envenenas? –preguntó Tallie.

–Oh –dijo el hombre–. ¿Lo has oído?

–¿No era ésa la intención de vuestra amiga?

–Sí, claro, por eso estoy aquí… para asegurarme de que no hayas tirado toda la cena a la basura. Prométeme que no lo has hecho… me estoy muriendo de hambre.

–No, no lo he hecho –contestó Tallie, sonriendo.

–Soy Justin Brent –se presentó él–. Y tú eres… Tallie, ¿no es así?

–Mi nombre completo es Natalie Paget –dijo ella–. Pero llámame Tallie.

–Me parece un nombre bonito –contestó él, sonriendo.

Tallie sintió cómo la calidez se apoderaba de ella y deseó no tener las mejillas rojas debido al calor de la cocina, ni estar despeinada.

Aquel hombre no era Gareth, sino una persona muy distinta, amable y encantador.

–Vamos a llevar los aperitivos –añadió Justin, agarrando un par de platos y dirigiéndose hacia el salón.

Cuando llegaron al salón y vio que sólo había seis cubiertos, se detuvo en seco.

–¿Sólo somos seis? ¿No vas a cenar con nosotros?

–No, ya había cenado cuando me ofrecí a cocinar –contestó ella.

–¡Vaya! Es muy generoso por tu parte.

–Bueno, el señor Benedict también ha sido muy amable conmigo al permitir que me quedara aquí.

Tallie se dijo a sí misma que el hombre con el que estaba hablando era la pareja de Penny... Bueno, no tenía por qué ser así. Mark había dicho que era su acompañante actual, fuera lo que fuera lo que eso significara.

Y, además, que él fuera agradable no significaba que estuviera disponible.

–Cielos, debo continuar con mi trabajo –comentó, mirando su reloj–. Quizá puedas decirle a Mark que la cena está servida.

Entonces se dio la vuelta para dirigirse a la cocina y sonrió de manera breve e impersonal.

Mientras los demás cenaban, deseó que fuera Justin quien acercara a la cocina los platos sucios para llevarse los segundos... pero quien apareció fue Mark Benedict.

–¿Te ocurre algo? –le preguntó.

–Absolutamente nada –contestó ella, enfadada al haber dejado que se le notara la decepción. Señaló un par de guantes de cocina–. Ten cuidado, los platos están muy calientes.

–Gracias por advertirme –dijo Mark, mirándola de manera irónica–. Pensaba que preferías que me quemara.

–Pero si eso ocurre quizá se te caiga algo, y he trabajado demasiado como para terminar viendo mi comida esparcida por el suelo.

–Debería haber supuesto que ése era el verdadero motivo –murmuró él, tomando los platos–. Dios, esto tiene un aspecto estupendo.

–Espero que les guste a todos –comentó ella de manera remilgada.

Aunque no era una cocina pequeña, la sola presencia de Mark la hacía sentirse agobiada. Hasta que él no se marchó no sintió que pudiera respirar con normalidad.

No había utilizado todo el vino para la salsa, por lo que se sirvió en un vaso lo poco que quedaba.

En realidad su trabajo ya había terminado, pero no podía dejar la cocina sucia y con platos por todas partes, por lo que comenzó a meterlos en el lavavajillas.

Además, pensó que la deliciosa tarta de manzana que había preparado estaría mejor caliente, así que buscó un cuenco bonito para colocarla.

También estaría bien restregarle por la nariz su eficiencia a Mark Benedict.

Una hora y media después, con la cocina perfectamente organizada, Tallie pensó que ya podía irse a su habitación y proseguir con la historia de su libro, en la cual Mariana había sido encerrada en una posada española por Hugo Cantrell…

–Falta una taza de café.

Tallie se sobresaltó y se dio la vuelta. Vio a Mark, que estaba de pie en la puerta de la cocina.

–Lo siento, estaba segura de que había puesto seis tazas.

–Lo hiciste, pero necesitamos otra para ti, más un

vaso de brandy –contestó él, sonriéndole–. Queremos brindar a tu salud.

–Ya me siento bien, gracias –respondió ella con burla–. Y, como ya he terminado aquí, me gustaría marcharme directamente a mi habitación.

–Esperaba una respuesta más cortés –comentó él, frunciendo el ceño–. De todas formas, vas a venir conmigo para que te den las gracias aunque tenga que llevarte a rastras, ¿comprendido?

Tallie pensó que era como si Hugo Cantrell se hubiera materializado y lo tuviera delante... Sintió el corazón revolucionado y tragó saliva. Levantó la barbilla a continuación.

–¿Nunca aceptas un no por respuesta?

–Yo diría que eso depende de la pregunta –contestó él, arrastrando las palabras y agarrando una taza–. Ahora, ¿vamos?

Ella comenzó a dirigirse hacia el salón.

–No hay nada de lo que tengas que avergonzarte –dijo Mark en voz baja al ver que Tallie vacilaba al llegar a la puerta del salón–. Eres la heroína del momento.

Al entrar en el salón y fijarse en la mujer que estaba sentada frente a ella, Tallie pensó que no lo era para todo el mundo. La mujer, de ojos azules, la estaba analizando con la mirada.

Sonia tenía el pelo color cobrizo y una piel muy blanca, piernas largas y pechos exuberantes, resaltados por el vestido de seda negra que llevaba.

–Hola, yo soy Di Harris –se presentó una mujer rubia de cara dulce, acercándose a Tallie–. Y aquél de la esquina es mi marido –entonces agarró a Tallie por el brazo–. Charlie dice que tienes que darme la receta de ese pollo tan maravilloso.

–En realidad es muy sencilla –contestó Tallie, ruborizándose. Estaba a punto de decirle los ingredientes cuando recordó las anchoas–. Te lo escribiré en una nota y le pediré a Mark que te la dé.

–O podrías venir a casa y cocinarlo para nosotros –dijo la mujer–. Estoy segura de que a todos los presentes les gustaría repetir.

–Yo no creo que la niña esté lo suficientemente experimentada como para ello, Diana –terció Sonia Randall con frialdad–. Y si está pensando en cocinar profesionalmente, su presentación necesita más trabajo. Yo no estoy acostumbrada a que me tiren la comida en un plato. También necesita contratar a alguien que la ayude a servir. Es ridículo esperar que el anfitrión esté yendo y viniendo de la cocina.

–Eso fue idea de Mark –se defendió Tallie–. Y no pretendo ganarme la vida cocinando.

–¿No? –preguntó Sonia, mirándola de manera altanera–. ¿Entonces cómo te ganas el pan? –añadió, impaciente–. Supongo que tendrás trabajo, ¿verdad?

–No exactamente –contestó Tallie, mordiéndose el labio inferior–. Estoy… escribiendo una novela.

En ese momento, se creó un tenso silencio tras el cual Sonia Randall emitió una gran risotada.

–Ya veo. Tú… y miles de personas que no tienen esta oportunidad de oro de conocer a una editora de una importante editorial.

Entonces hizo una pausa.

–Mark, cariño, si te han persuadido para recomendarme a esta mujer, te aseguro que no le veo la gracia.

–Aquí nadie ha tratado de convencer a nadie de nada. Tallie no tenía ni idea de quién eres, Sonia, ni de en qué trabajas. Jamás hemos hablado de ello

–dijo Mark–. Y creo que no habría mencionado el libro en absoluto si tú no la hubieras comenzado a interrogar.

–Bueno, pues a mí me gustaría hablar de ello –terció Justin, acercándose a Tallie y sonriéndole–. Debes contarnos de qué trata.

–Oh, ahórranos el mal rato –intervino Sonia impacientemente–. Estoy aquí para relajarme, no para hacer algo similar a lo que hago en el trabajo.

–Pero siempre nos estás diciendo que estás buscando un próximo talento –le recordó Penny irónicamente–. Podría ser ella.

–Lo dudo mucho –contestó Sonia, examinando sus perfectas uñas–. De todas maneras, no hay ninguna posibilidad de que yo pudiera hacer nada. Alder House sólo acepta solicitudes recomendadas por agentes.

–Tallie tiene una agente –terció Mark–. Alice… Morgan, ¿no es así?

–Bueno, sí –contestó Tallie, bajando la cabeza, avergonzada. Se preguntó cómo se había acordado él.

–Dios mío –dijo entonces Sonia, arrastrando las palabras–. Oí rumores de que la pobre Alice estaba perdiendo facultades debido a su edad y parece que es verdad.

–¿Pero no nos dijiste antes que ella representa a Madeline Connor, tu último fichaje? –preguntó Mark con calma–. Parece que Alice hizo muy bien su trabajo, ¿no es así?

–En realidad no tuvo mucho que decir… –contestó Sonia, esbozando una mueca–, ya que Maddie realmente quería trabajar conmigo.

Entonces miró a Tallie fijamente.

–¿Has leído alguno de sus libros? –le preguntó.

–Sí, desde luego –contestó Tallie–. Me encantan sus novelas.

–Y supongo que crees que vas a ser como ella –comentó Sonia–. Alice no debería alentarte de esa manera… teniendo en cuenta que Maddie es cliente suya.

–No lo hace… –aseguró Tallie– porque yo estoy escribiendo algo completamente distinto –añadió, terminándose su café y dejando la taza sobre la mesa–. Y ahora debo seguir trabajando en ello, así que os deseo a todos buenas noches.

Entonces se marchó hacia su habitación. Cuando casi había llegado, oyó cómo Justin la llamaba.

–Tallie… espera un momento.

Ella se detuvo de mala gana para que él pudiera alcanzarla.

–He venido a disculparme. Me siento responsable por lo que ha pasado, ya que yo pregunté por tu libro –dijo Justin, torciendo el gesto.

–No ha sido culpa tuya. Ella ya me tenía manía incluso antes de venir aquí –contestó Tallie, suspirando–. ¿Qué demonios puede ver Mark en ella?

–Créeme, ésa es una pregunta que ningún hombre haría.

–Oh –dijo ella al recordar los voluptuosos pechos y los carnosos labios de la mujer–. Sí, claro.

–Pero, olvidándonos de Sonia, y cuánto deseo que pudiéramos hacerlo… –prosiguió Justin– me interesaría mucho que me hablaras de tu libro. Así que… ¿puedo telefonearte la semana que viene para que salgamos a cenar?

–No creo que eso fuera apropiado. Además, ni siquiera estoy segura de… –Tallie se mordió el labio inferior–. No importa. Y ahora debo pedirte que me disculpes.

Cuando cerró la puerta de su dormitorio tras ella, pensó que Justin parecía realmente agradable y no comprendió cómo podía proponerle que salieran a cenar juntos teniendo en cuenta que era la pareja de Penny.

Entonces se sentó frente a su ordenador portátil. Ya sabía cómo Mariana iba a escaparse de Hugo Cantrell, que estaba cegado por la lujuria y el sentimiento de venganza.

Apartó de su mente los comentarios desdeñosos de Sonia Randall y se concentró en su trabajo.

Escribió con detalle cómo una desesperada Mariana, que había pensado en utilizar las sábanas de la cama a modo de cuerda para ayudarse a bajar por la ventana, no tuvo más remedio que esconderse en un oscuro rincón de la habitación en la que estaba encerrada al oír cómo alguien subía por las escaleras.

Era Hugo Cantrell, que la descubrió entre las sombras y se acercó a ella. La agarró de los hombros y se agachó, pero alguien llamó a la puerta...

Cuando volvieron a llamar por segunda vez, Tallie se percató de que alguien estaba llamando a su puerta en la realidad.

Miró su reloj y contuvo un grito al ver la hora. Había estado trabajando durante casi tres horas y, si era Justin de nuevo, sólo esperaba que estuviera sobrio.

Se levantó, abrió la puerta y se echó para atrás al ver que quien estaba allí era Mark Benedict.

–Por el amor de Dios –dijo él–. ¿Tienes que asustarte cada vez que me ves, como si yo fuera un asesino?

–¿Y tú tienes que venir a golpear la puerta a estas horas? –contestó Tallie–. Podría haber estado dormida.

–¿Con la luz encendida? –preguntó él burlonamente.

–Bueno, podría haber estado metiéndome en la cama –insistió ella.

–¿Quieres decir desnuda? –dijo Mark, sonriendo–. Nunca he tenido tanta suerte, o por lo menos no dos veces en una semana.

Tallie se dijo a sí misma que debía esforzarse en no ruborizarse.

–¿Has venido a verme por alguna razón en especial? –preguntó con frialdad–. Aparte de para comprobar si estoy malgastando tu electricidad, desde luego.

–He preparado chocolate caliente –explicó él–. Pensé que quizá todavía estuvieras trabajando y que te apetecería un poco.

–¿Chocolate caliente? –repitió ella, impresionada–. ¿Tú?

–¿Por qué no? –preguntó Mark, encogiéndose de hombros.

–Habría pensado que preferirías algo más exótico.

–¿Para que combinara con mi gusto en mujeres? Pero sólo has conocido a una de ellas.

–Por favor, créeme… tus amiguitas no son de mi incumbencia –aseguró Tallie.

–Te estaría muy agradecido si pudieras convencer a Penny de que pensara de la misma manera que tú. Pero todos los hombres tienen una debilidad por el chocolate, de una forma u otra, y yo no soy ninguna excepción. Así que… ¿quieres el tuyo o lo tiro?

Tallie vaciló al percatarse de cuánto hacía que se había tomado el último café.

–Gracias –dijo con poca naturalidad–. Es… muy amable por tu parte.

–Llámalo conciencia. Debí haber sido más inteligente y no haberte llevado a la misma habitación que Sonia. Aunque ha resultado que la gatita tiene sus propias garras.

–Las personas desamparadas como yo tenemos que aprender a defendernos –contestó ella–. Aun así, me gustaría no tener que volver a encontrármela… ni inmiscuirme en tu privacidad nunca más.

–No lo tendrás que hacer. Ella se marchó con los demás.

–Debe de estar muy decepcionada –comentó Tallie, sintiéndose contenta ante la noticia.

–Bueno, no es la única –contestó Mark, tomándola por el codo y guiándola hacia el salón–. Acabaste con las esperanzas de Justin bastante drásticamente.

–¿Qué otra cosa esperabas que hiciera? Quizá a ti no te importen los sentimientos de tu prima, pero a mí me parece que Penny es encantadora y se merece algo mejor que un novio que trata de quedar con otra mujer a sus espaldas.

–Bueno, estamos de acuerdo en una cosa –comentó él, cerrando la puerta del salón tras ellos–. Penny es una chica estupenda, pero te has equivocado con Justin. Él acompañaba a Penny esta noche, pero sólo porque es su hombre coraza.

–¿Se supone que debo saber de lo que estás hablando? –preguntó Tallie, sentándose en un sofá.

–Es muy simple. Hasta hace unas semanas, mi prima estaba saliendo con un tipo llamado Greg Curtis, incluso estaban comprometidos. Pero entonces la ex novia de Greg regresó inesperadamente de Canadá, sin el marido con el que se había casado allí, y exigió el puesto que según ella le correspondía en la vida de Greg y que había ocupado hasta hacía dieciocho meses atrás. Y el resultado fue que el futuro de Greg con Penny se echó a perder.

–Eso es horrible –comentó Tallie, frunciendo el ceño–. Debe de estar destrozada.

–Bastante –contestó Mark, acercándole una taza de chocolate–. Pero también es una chica práctica y sospecha que quizá esto sólo sea un bache en el camino, creado por algún tipo de chantaje emocional de la ex novia, y que pronto él recordará por qué estuvo tan agradecido de que la bella Minerva se marchara con otro.

Entonces hizo una pausa antes de continuar explicando la situación.

–Al mismo tiempo mi prima no es de las mujeres que muestran su dolor en público ni que se sientan a esperar para que el hombre se decida. Si es que Greg llega a hacerlo, desde luego –añadió, frunciendo el ceño–. No obstante, por respeto a sí misma, necesita salir y que la vean con un hombre atento a su lado para que a Greg le llegue el mensaje alto y claro. De ahí que Justin, un viejo amigo mío que tiene algunas heridas propias y que no busca ninguna relación seria en este momento, la acompañe.

–Y se ha convertido en el hombre coraza de Penny –repitió Tallie.

–Pero Penny no tiene derecho exclusivo sobre él, si eso es lo que te preocupa –explicó Mark, mirándola por encima de su taza de chocolate–. Además, es un tipo estupendo y a ti te vendría bien salir... despejarte un poco.

Mark hizo una pausa.

–Después de todo, ya sabes lo que dicen de las personas que trabajan mucho y que no se divierten nada.

–Sí, lo he oído –admitió ella tensamente–. Pero aunque Justin no esté traicionando a Penny, no supone ninguna diferencia. No debo aceptar su invitación. Y, si no te importa, me voy a llevar el chocolate a mi habitación.

–Sí me importa –contestó él lacónicamente–. Por decirlo de alguna manera... tenemos que hablar.

–Si es sobre Justin... no tiene sentido.

–¿Podría saber por qué?

–Creía que era obvio... sobre todo para ti –contestó ella, encogiéndose de hombros–. Me voy a mudar muy pronto. Fin de la historia.

–Pcro yo podría darlc tu nucva dirccción. Claro, que en realidad no tienes ninguna... ¿no es así? Porque no has sido capaz de encontrar ningún otro lugar donde vivir en Londres. ¿No es ésa la verdad?

–Así es –contestó Tallie, a quien le dolía tener que admitir su derrota, especialmente ante él–. No he conseguido nada.

–¿Entonces qué planeas hacer?

–Voy a volver a casa de mis padres.

–Pero eso no es lo que quieres.

–En realidad no tengo otra opción.

–¿Y crees que Justin dudaría en perseguirte hasta el entorno rural del que provengas?

–Como nos acabamos de conocer, no me preocupa demasiado. Y estoy segura de que alguien tan atractivo como Justin no se sentirá muy mal.

–Probablemente no –concedió Mark, echándose para atrás en el sillón–. Pero es una pena que lo rechaces así porque sí. ¿Por qué no te olvidas del plazo que tenías para marcharte y te quedas aquí?

–¿Que... quedarme aquí? –repitió ella, impresionada–. ¿Por qué?

–Porque creo que te mereces una oportunidad.

–¿Con... Justin? –preguntó Tallie.

–No, para terminar tu libro, boba. Tu vida amorosa es asunto tuyo. Pero necesitas tranquilidad para trabajar y yo te la puedo ofrecer –contestó Mark–. Además, te estoy muy agradecido por esta noche.

–Pero ya te lo he dicho... estamos en paz.

–Bueno... –dijo él– quizá te vuelva a pedir algún favor, si eso te hace sentir bien.

Tallie no estaba segura de cómo la hacía sentirse, así que dio un sorbo a su chocolate mientras trataba de aclararse las ideas.

–No creo que a la señorita Randall le haga mucha gracia cuando se entere –dijo finalmente.

–¿Por qué debería importarle? Te he invitado a que sigas ocupando la habitación de invitados, cariño, no a que te mudes a mi dormitorio –contestó él, encogiéndose de hombros.

–Pero tú no me quieres aquí, lo has dejado claro.

–Yo no voy a estar aquí mucho tiempo. Tengo que realizar varios viajes al extranjero y tal vez una compañera de piso no sea tan mala idea –dijo Mark, sonriendo–. Y te gusta el piso, ¿verdad? He observado cómo te mueves por él, lo cómoda que pareces estar y cómo miras la decoración.

–No sabía que estaba sometida a tal escrutinio.

–Es por seguridad. Tenía que asegurarme de que no fueras la chica de un ladrón –explicó él–. Entonces... ¿te vas a quedar? Te ofrezco los mismos términos que Kit.

–En ese caso, sí, por favor –contestó ella, forzándose en sonreír–. Siempre podría preparar alguna comida ocasional.

–Esta noche ha sido una excepción –aclaró Mark–. Viviremos bajo el mismo techo, pero llevaremos vidas distintas. Ése es el acuerdo.

–Desde luego –concedió Tallie, dejando su taza sobre la mesa y levantándose–. En ese caso, gracias, señor Benedict… y buenas noches. Parece que ahora debo ser yo la que esté agradecida.

Mientras se dirigía a su habitación, se preguntó si había encontrado la solución perfecta a sus problemas o si acababa de cometer el mayor error de su vida.

Capítulo 7

AL despertarse a la mañana siguiente, Tallie todavía seguía preguntándose si había actuado de manera correcta o no.

Se sentó en la cama y miró la soleada y tranquila habitación que ocupaba. Era el entorno perfecto para trabajar.

La noche anterior, en vez de irse directamente a la cama, había terminado el capítulo que había estado escribiendo, en el cual Hugo Cantrell, asustado ante la idea de que los demás villanos subieran a matarlos a ambos, había ayudado a Mariana a escapar por la ventana. Aunque había sido un momento de debilidad, ya que él seguía siendo el villano principal de la novela. Momento de debilidad que se podía comparar al que había tenido Mark Benedict al ofrecerle que se quedara durante más tiempo en su casa.

Entonces, se levantó y se dirigió al cuarto de baño, donde se duchó y se vistió. Cuando salió al pasillo observó que parecía que no había nadie en el piso, pero entonces oyó la voz de Mark proveniente de su despacho.

Momentos después, mientras estaba en la cocina terminándose de tomar su desayuno, él entró. Frunció el ceño y esbozó una mueca.

Se planteó si Mark también estaba reconsiderando su ofrecimiento.

–Si has cambiado de opinión sobre que me quede durante más tiempo, lo comprendo.

–¿Qué? –preguntó él. Parecía distraído–. Dios, no. Estoy pensando en otra cosa –añadió.

Se apoyó en la encimera. Iba vestido con unos pantalones vaqueros y una camisa blanca.

–No te lo iba a pedir tan pronto, pero necesito que me hagas el favor del que te hablé anoche. Parece que mi madrastra va a hacerme una visita –informó.

–¿Y quieres que le prepare la comida?

–No –contestó Mark–. Sólo quiero que estés aquí. Dice que viene por un asunto de negocios y necesito apoyo.

–¿Qué quieres decir exactamente? –preguntó Tallie.

–Quiero decir que prefiero no estar solo cuando ella venga.

–Oh… así que eso es…

–Eso es lo que sin duda te iba a contar Penny cuando la interrumpí –explicó Mark, resignado–. ¿Hay algún detalle de mi vida que mi querida prima no te haya contado? ¿No te habló de mis enfermedades juveniles, incluido cuando me pegó la varicela cuando yo tenía trece años?

–No… –contestó Tallie, divertida– pero quizá se lo esté reservando para otra ocasión –añadió, colocando los platos sucios en el lavavajillas–. Así que quieres que actúe de carabina, ¿verdad?

–No exactamente –contestó él–. Quiero que finjas que eres mi novia y que compartimos muchas más cosas que el piso.

–Pero no deberías pedírmelo a mí –respondió ella–. Sería mejor que se lo pidieras a la señorita Randall… o a alguien…

–En realidad, no –negó él–. No tengo ninguna intención de hacerle llegar a Sonia, ni a ninguna otra persona, señales equivocadas. Como tú y yo no compartimos otra cosa que una tregua, eso te convierte en la candidata ideal –entonces la miró fijamente–. ¿Lo harás?

–No… no lo sé –contestó ella, mirando la sosa ropa que llevaba puesta–. No parezco la amante de nadie… y aún menos de ti.

–Pero eso se puede arreglar.

–No soy una buena actriz.

–Finge que es una escena de ese libro que estás escribiendo –sugirió él.

–Está bien –concedió finalmente Tallie–. Lo haré lo mejor que pueda. ¿A qué hora va a llegar?

–Me ha dicho que a media mañana –contestó Mark–. Y, como parece que quiere algo, quizá incluso llegue a esa hora.

–Está bien. Entonces podré trabajar mientras espero.

Una hora después, no podía fingir que estaba contenta con lo que había escrito. No había dormido muy bien durante la noche y tenía muchas cosas en la cabeza.

Estaba guardando de mala gana las novedades que había introducido en su libro cuando llamaron a su puerta.

–Pasa –dijo, preguntándose si Veronica había llegado antes de tiempo.

–Te he traído una cosa –anunció Mark al entrar, dejando sobre la cama dos bolsas de una conocida tienda de ropa–. Espero que todo te quede bien. Como no conozco tus tallas, he hecho lo que he podido.

Tallie agarró una de las bolsas y sacó una sencilla falda de color crema y una camisa de seda marrón. La segunda bolsa contenía un par de sandalias de tacón del mismo color que la falda.

–¿Has comprado esto… para mí? –preguntó cuando logró articular palabra.

–No planeo ponérmelo yo. Te sugiero que te lo pongas ahora. Practica a andar con esos tacones.

–No lo voy a hacer –espetó ella, tratando de volver a meter las cosas en las bolsas–. No tienes ningún derecho… ningún derecho en absoluto…

–No te pongas así –dijo él, suspirando–. Tú misma dijiste que no estabas vestida adecuadamente para fingir ser mi novia. Ahora lo puedes estar.

–Podría vivir durante un mes con el dinero que te ha costado esto –comentó ella.

–Entonces mañana puedes venderlo en eBay –contestó Mark–. Pero te sugiero que te lo quedes y que te lo pongas cuando vayas a ver a los de la editorial. Quizá consigas un contrato mejor si piensan que no tienes hambre –entonces la analizó con la mirada–. Y suéltate el pelo.

–¿Alguna sugerencia más… señor? –preguntó ella, enfurecida.

–Por el momento… no, pero podría pensármelo mejor –contestó él, mirando su reloj–. Voy a preparar café mientras te vistes. No tenemos todo el día.

–Se me ha ocurrido una cosa –dijo ella justo cuando Mark salía por la puerta–. ¿No crees que Kit le haya contado que él hizo que viniera aquí? Quizá reconozca mi nombre, ¿no te parece?

–Es improbable –contestó él–. Aunque Kit le comentara la broma, tu identidad es un detalle demasiado poco importante como para mencionarlo.

–Oh... entonces está bien.

–No –dijo Mark–. Pero me temo que con esos dos las cosas nunca están bien –entonces esbozó una mueca–. Estás a punto de descubrirlo.

Tallie tuvo que admitir que la ropa nueva era muy favorecedora. Y lo que le dio aún más rabia fue que le quedaba perfectamente. Las sandalias le hacían unas piernas larguísimas.

Se preguntó qué diría Mark cuando bajara al salón, pero al hacerlo, él simplemente la miró y asintió con la cabeza bruscamente.

Un momento después, oyeron el timbre de la puerta, señal de que su visita había llegado.

–¿Debo... abrir yo? –preguntó Tallie, nerviosa.

–Vamos juntos –contestó Mark–. Y... tranquilízate –añadió mientras se dirigían al pasillo–. Recuerda que no estás aquí para dar una buena impresión.

La mujer que había al otro lado de la puerta era alta e increíblemente atractiva. Tenía una figura perfecta, era rubia y de ojos azules. Tallie pensó que no parecía la madre de Kit... ni de nadie. No parecía ser lo suficientemente mayor como para ello.

–Mark, cariño, es estupendo volverte a ver –dijo Veronica Melrose. Entonces miró a Tallie–. ¿Y quién es ésta?

–Ésta, mi querida Veronica, es Natalie –contestó él, poniéndole a Tallie una mano por encima del hombro y acercándola a él.

Tallie se percató de que la mujer la había analizado de arriba abajo con la mirada.

–Pasa –continuó Mark–. ¿Te apetece tomar un café?

–Sería estupendo –contestó la señora Melrose, entrando en el salón y sentándose en un sofá–. Me gustaría que pudiéramos hablar en privado. ¿Hay alguna razón para que… tu amiguita esté presente?

–Ella vive aquí –contestó Mark–. Conmigo. Quizá debería habértelo dejado más claro.

–Quizá deberías haberlo hecho –comentó Veronica–. Bueno, bueno… por fin han cazado al eterno soltero. Y es una chica muy joven y encantadora. ¡Qué fascinante!

–No creo que Mark se sienta cazado –terció Tallie–. Iré a por el café.

–Parece que vives aquí de manera muy cómoda –le dijo Veronica a Tallie cuando ésta regresó con la bandeja del café–. Aunque está claro que todavía no has tenido oportunidad de dejar tu sello en la casa… sea cual sea éste –entonces miró a su alrededor–. Este lugar necesita una reforma. Mark… Kit me dijo que se quedó impresionado ante el hecho de que no hubieras contratado ya a un buen decorador de interiores.

–¿Y está igual de impresionado por Australia? –preguntó Mark educadamente, agarrando a Tallie de la mano y haciéndola sentarse a su lado–. Supongo que habrás tenido noticias suyas.

–Sí, desde luego –contestó Veronica, tensa–. Me ha estado telefoneando casi a diario. Lo está pasando muy mal, encerrado en el viñedo al que ha tenido que ir, que parece estar apartado de todo. El tiempo es horrible, según parece es invierno, y hasta ha visto una serpiente.

Veronica hizo una pausa y se estremeció.

–No debería haber ido allí –dijo, mirando a Mark con mala cara–. Pero la culpa la tienes tú.

–No comprendo por qué –respondió él con indiferencia–. Yo estaba en un continente distinto cuando él se marchó. Además, ¿no convenciste al pobre Charles para que lo metiera a trabajar en Melrose e Hijos?

–A lo que me refiero es a que Kit debería ocupar ya el lugar que le corresponde en la empresa de su padre –dijo ella, esbozando una mueca.

–Yo no le dije que abandonara su carrera de ingeniería en la universidad –le recordó Mark–. Eso fue decisión suya. Pero si hubiera seguido adelante, quizá se hubiera encontrado en lugares que le gustaran menos que Australia.

–También debe de haber proyectos aquí, en el Reino Unido –afirmó Veronica, agitando una mano–. Hoteles, complejos de lujo, centros comerciales. Algo que le habría gustado.

–Pero nosotros nos dedicamos a carreteras, puentes y centrales hidroeléctricas –dijo Mark–. Proyectos a largo plazo que ayudarán a más personas.

–Hasta que decidan volarlos por los aires, desde luego –comentó Veronica con cierta malicia–. ¿No es eso lo que le ocurrió a tu última construcción?

–Fue un contratiempo –dijo Mark, arrastrando las palabras–. Y ahora que parece que el conflicto ya ha terminado, regresaremos a Ubilisi para terminar lo que comenzamos.

–Pero seguro que es peligroso –terció Tallie con voz temblorosa–. El nuevo régimen trató de mataros cuando estuvisteis allí. Tuvisteis suerte de poder salir con vida.

Se creó un tenso silencio, tras el cual Veronica emitió una risotada.

–Mark, la niña está preocupada por ti. Es muy dulce –comentó, mirando a Tallie a continuación–. Pero es una pérdida de tiempo, querida. Mark hace lo que le da la gana y ninguna mujer puede cambiarlo.

Entonces, se centró en lo que le preocupaba.

–Había pensado que podías ofrecerle un trabajo a Kit para que se quedara aquí, en su país. Ya es hora de que aprenda sobre la empresa. Después de todo, Kit es tu pariente varón más cercano y, si ocurriera algo, él sería tu heredero.

–¿Eso crees? –preguntó Mark, abrazando a Tallie por la cadera–. Pero quizá eso cambie muy pronto.

–¡Dios mío! –exclamó Veronica, mirando incrédula la delgada figura de Tallie–. Quieres decir…

–Todavía no –interrumpió Mark–. Pero estamos buscándolo. Y ahora mismo no hay ningún puesto vacante en Benedicts con el salario que Kit obviamente espera, teniendo en cuenta sus extremadamente limitadas habilidades. Llevamos a cabo proyectos de ingeniería muy difíciles por todo el mundo y, créeme, tu hijo está mejor donde está. Y, si trabaja, incluso quizá obtenga un ascenso.

–Ya veo –comentó Veronica–. Entonces no hay nada más que decir. De todas maneras, espero que alivies mi decepción invitándome a quedarme aquí esta noche. Voy a salir a cenar con unos amigos y tengo una cita con el dentista mañana temprano. Tenéis una habitación de invitados, Kit me lo mencionó.

–Estoy seguro de que así fue –contestó Mark, encogiéndose de hombros–. Pero Natalie la está utilizando como despacho. Además, pensaba que siempre te quedabas en el Ritz.

–Así es, pero Charles dice que tenemos que recortar gastos. No pensé que me fueras a negar alojamiento sólo una noche.

–Lo que ocurre es que Natalie y yo estamos disfrutando de nuestra intimidad y no deseamos verla interrumpida, ni siquiera por el más comprensivo de los invitados.

–Creo que lo mejor que puedo hacer es marcharme y dejaros en paz –dijo Veronica, dirigiéndose hacia la puerta–. Mark, por favor, no te preocupes. Ya habrá más noches, estoy segura.

Cuando él regresó de acompañarla a la puerta, Tallie todavía estaba sentada en el sofá, mirando al vacío.

–Ha sido horrible –comentó.

–Pero ya se ha acabado.

–¿Sí? –preguntó ella, mirándolo–. No parece que tu madrastra piense lo mismo. Si yo realmente estuviera teniendo una relación contigo, comenzaría a preocuparme.

–Pero como no es así... –contestó él fríamente– no tienes que hacerlo –añadió, agarrando la bandeja y llevándola a la cocina.

–Lo siento –se disculpó ella, siguiéndolo–. No debí haber dicho eso. Realmente no creo que... tú... que Veronica y tú...

–Gracias por el voto de confianza. Es un poco estremecedor encontrar a alguien que piense que puedes ser tan mala persona.

–Así es –concedió ella, recordando a Hugo Cantrell.

–Bueno, no te quedes tan afligida. Yo no soy ningún santo y en ocasiones hubo situaciones bastante embarazosas. Veronica puede ejercer mucho poder sobre un adolescente de dieciséis años que no posee tanta experiencia sexual como le gustaría pensar.

–¿Fue a ti... cuando tú eras tan joven?

–Ella había supuesto acertadamente que yo no era virgen. Veronica tenía diecinueve años cuando se casó con mi padre y él tenía cuarenta y tantos. A veces me he planteado si ella habría estado tratando de asegurarse el futuro conmigo…

–Pero seguro que tu madrastra no puede seguir pensando…

–¿No? –preguntó él–. Tú misma has dicho que si fueras mi novia te lo habrías planteado. Veronica no es alguien que permita que sus votos matrimoniales se interpongan en su camino.

–Es horrible.

–Y triste –añadió él–. Pero gracias por haberme salvado de una posible situación incómoda. Te debo una y no lo olvidaré.

–Desearía poder decir que ha sido un placer –confesó Tallie, levantándose–. Ahora tengo que resolver algunas situaciones difíciles propias, así que será mejor que vuelva a trabajar.

–No me permitirás expresarte mi agradecimiento invitándote a comer, ¿verdad? Parece una pena no aprovechar tu ropa nueva.

–No, gracias –contestó ella, saliendo del salón–. Creo que Veronica me ha quitado el apetito.

Ya de vuelta en su habitación, se apoyó en la puerta y reconoció que estaba enfadada consigo misma. En realidad tenía hambre, pero habría sido un riesgo ir a comer con él.

Una vez se hubo cambiado de ropa, escribió muy concentradamente durante el resto del día y, cuando por fin se atrevió a salir para comer algo, vio que el piso estaba vacío.

Acababa de limpiar los cacharros que había utilizado cuando sonó el timbre de la puerta. Rogó que no fuera Veronica de nuevo para decir que todos los hoteles estaban llenos.

Pero cuando abrió la puerta vio a Justin. Estaba sonriéndole.

–Hola –dijo él con demasiada indiferencia–. ¿Está Mark en casa?

–No –contestó ella, esbozando una mueca–. Pero supongo que tú ya lo sabías.

–¿Me vas a dejar entrar? Te prometo que estarás segura conmigo.

–Pero es muy difícil mantenerte alejado –comentó Tallie, apartándose para dejarlo pasar y guiándolo al salón a continuación–. Te puedo ofrecer té o café. El alcohol le pertenece a Mark.

Justin abrió la cartera que llevaba y sacó una botella.

–Cloud Bay –dijo–. Pruébalo y enamórate, pero sólo del vino, desde luego.

–Por supuesto –concedió Tallie con sequedad.

Inesperadamente mantuvieron una conversación relajada y cordial que le quitó a ella el mal sabor de boca que le había dejado la visita de Veronica Melrose. Hablaron de libros, de música, de películas... El vino estaba delicioso.

Cuando Justin por fin se dispuso a marcharse, Tallie accedió a ir al teatro con él a la semana siguiente. Y cuando se despidieron, aceptó el breve y agradable beso en los labios que le dio él.

Mientras fregaba los vasos que habían utilizado tuvo que reconocer que Justin era un hombre extremadamente atractivo y podía ser en él en quien basara el personaje de William en vez de en Gareth.

–¿Ocurre algo? –preguntó Mark al llegar a casa y verla tan concentrada.

–No… no te oí llegar –contestó ella, a quien casi se le cayó el vaso que estaba limpiando.

–Evidentemente, estabas muy pensativa –comentó Mark, mirando la botella de vino que había sobre la encimera de la cocina–. ¿Has tenido visita?

–La verdad es que sí –dijo ella a la defensiva.

–Puedo adivinar la identidad de la persona que te ha visitado.

–¿Le dijiste tú que viniera? –quiso saber Tallie.

–Como si lo hubiera hecho. ¿Dónde te va a llevar?

–A la nueva representación de Leigh Hanford –admitió ella de mala gana.

–Ha tenido suerte de encontrar entradas –comentó Mark.

–¿Has tenido tú algo que ver en eso? –preguntó Tallie, frunciendo el ceño.

–¡Sospechas mucho de todo! Supongo que es por trabajar creando historias.

–Seguramente –concedió ella–. Y ahora tengo que marcharme a crear más. Buenas noches.

–Buenas noches a ti también –añadió él suavemente–. Espero que tengas dulces sueños.

Eso mismo esperaba ella, pero no se acostó hasta que no trabajó un poco; quería decidir qué hacer con Hugo Cantrell, que parecía haberse apoderado de toda la historia y tenía que desaparecer de la novela. Dolorosa y permanentemente.

Aunque no le iba a ser tan fácil quitarse de la cabeza su pelo oscuro y sus ojos verdes…

Capítulo 8

ASÍ que… –dijo Lorna con entusiasmo– cuéntame cómo es.

–Arrogante –respondió Tallie con frialdad–. Un mujeriego. Afortunadamente no tengo que verlo mucho.

–¿Entonces por qué te estás molestando tanto… si él es tan espantoso?

–Oh… –Tallie se ruborizó– tú estás hablando de Justin.

Pensó que eso era lo que ella debía hacer también; hablar y pensar en Justin… no en Mark, sobre todo teniendo en cuenta que él apenas le había dirigido la palabra desde la visita de su madrastra hacía tres semanas.

–Pues claro que estoy hablando de Justin –concedió Lorna.

–Bueno… –respondió Tallie– es encantador. Mañana voy a ir a cenar con él a Pierre Martin.

–Es un restaurante muy elegante –dijo su amiga en forma de aprobación–. Y también muy caro. Debes dejar que te preste algo de ropa –ordenó, señalando su armario con la mano–. Toma lo que quieras.

–No sé… –comenzó a decir Tallie, mirando la ropa–. Elige tú por mí.

–Umm. ¿Quieres un modelito que deje claro que

no quieres que te toque u otro que le incite descaradamente?

–Quizá algo intermedio –contestó Tallie, ruborizándose.

–Cobarde –bromeó Lorna–. No estarás nerviosa por esta cena, ¿verdad?

–Creo que podría estarlo –admitió ella–. Hasta este momento, todo ha sido discreto, pero tengo la impresión de que eso va a cambiar. Y no sé qué esperar. Ni qué esperará él.

–Bueno, siendo un hombre, sin duda estará esperando algo –respondió Lorna–. Sobre todo después de una cara cena en Pierre Martin. Supongo que será atractivo.

–Mucho –dijo Tallie enérgicamente.

–¿Confías en él?

–Completamente.

–¿Entonces a qué estás esperando? –exigió saber su amiga–. Simplemente... déjate llevar.

Tras mirar varios de sus vestidos, Lorna sacó uno rojo del armario.

–Es fabuloso –comentó Tallie.

–Es muy simple, ni demasiado corto ni demasiado largo. Y el color te quedará bien, hará que dejes de parecer tu propio fantasma. Lleva unos zapatos a juego que no son demasiado altos.

Al día siguiente por la tarde, mientras se arreglaba para su cita, Tallie pensó que no sabía por qué se sentía tan nerviosa. Hasta aquel momento se había divertido con Justin y él era un hombre demasiado educado como para presionarla. Aunque la manera en la que se despedía de ella, cada vez más a regañadientes, parecía indicar que quería que su relación avanzara.

Se había comprado un conjunto de braguita y sujetador, ya que si algo ocurría sabía que llevar una bonita lencería la ayudaría a aumentar su autoestima.

Justo cuando se dirigía a la puerta, Mark salió de su despacho. Se detuvo en seco y la miró.

–Ah –dijo en voz baja–. Hoy es la gran cita.

–Voy a salir, sí –respondió ella, levantando la barbilla.

–Entonces no me molestaré en esperarte levantado –murmuró él, dirigiéndose hacia la cocina.

En ese momento, Tallie se apresuró a salir, agradecida de que Mark no la hubiera visto ruborizarse.

Justin la estaba esperando en el restaurante. Al verla entrar se levantó y le tomó la mano para darle un beso en la palma.

–Estás preciosa –dijo con admiración–. ¿El vestido es nuevo?

Deleitada ante el reconocimiento de él, Tallie pensó que por lo menos era nuevo para ella.

Se sentó al lado de Justin y miró a su alrededor.

–¡Qué lugar tan agradable!

–Vine a la inauguración hace un año –dijo él–. Sé que la comida es buena y, después de la cena que nos preparaste aquella noche, pensé que no podía llevarte a otro lugar.

Tallie rió y después de eso todo fue más fácil. Disfrutó al estar sentada tan cerca de él y comentar la carta, que aunque no era muy extensa, ofrecía unas exquisitas posibilidades.

Se percató de que el leve flirteo que había mantenido Justin con ella durante las primeras citas había cambiado para convertirse en algo más serio.

También se dio cuenta de que iba a tener que tomar una decisión, por lo que no debía beber mucho vino por si le impedía pensar con racionalidad.

Para postre, Justin pidió dos de los famosos suflés del restaurante.

–¿Quiere café, *m'sieur*? –preguntó el camarero.

–Creo que lo decidiremos más tarde –contestó Justin. Entonces miró a Tallie–. ¿Te parece?

Ella pensó que el momento había llegado; él estaba preguntándole si iba a ir a su piso y quería una respuesta...

–¡Dios mío, Justin! Eres la última persona a quien me hubiera esperado encontrar aquí –dijo un joven que se había acercado a su mesa.

–Esto es un restaurante, Clive, y todos tenemos que comer –contestó Justin con frialdad–. Incluso tú. Por favor, no nos dejes entretenerte.

–Oh, estoy sentado ahí –contestó el chico, señalando su mesa con la mano–. Es una fiesta familiar. Ellos tampoco podían creer lo que veían, así que me he acercado a comprobarlo.

Entonces hizo una pausa.

–La vida te está tratando bien, ¿no es así? Tienes trabajo... y no te arrepientes de nada. Parece que está claro que te estás recuperando –comentó, mirando entonces a Tallie–. Aunque ella parece un poco joven para ti, ¿no es así? No sabía que fueras un corruptor de menores.

Justin le hizo señas al camarero más cercano.

–Creo que el señor Nelson desea unirse de nuevo con sus amigos –dijo en voz baja–. Cancele los suflés, sólo tomaremos café.

–Oh, no os vayáis por mi culpa. Ya me marcho. Siempre es un placer volver a verte, muchacho. Y buena suerte para ti, cariño –le dijo a Tallie.

Cuando el chico se hubo marchado, se creó un tenso silencio.

–Tallie, debo disculparme por lo que ha ocurrido –explicó Justin sin mirarla–. No… no sé qué decir. Pero creo que… quizá… sea mejor si pago la cuenta y pido un taxi para ti.

Entonces hizo una pausa con la vergüenza reflejada en la cara.

–Desearía saber cómo explicártelo, pero no puedo. Ya ves, simplemente no… no me di cuenta…

Tallie se preguntó que si a lo que se refería él era a lo joven que era ella.

No se podía creer que aquello le estuviera ocurriendo de nuevo… y por las mismas razones; su juventud y falta de experiencia. Parecía que la historia de Gareth se repetía y se dijo a sí misma que quizá era bueno que hubiera ocurrido en aquel momento, antes de que se hubiera comprometido aún más.

Levantó la barbilla y se forzó en sonreír.

–No hay nada que explicar –dijo en un tono alegre–. Ya se está haciendo tarde y ambos tenemos que trabajar mañana. Ha sido… una noche estupenda y tenías razón sobre la comida. Es excelente.

Continuó hablando amigablemente hasta que salieron del restaurante y Justin detuvo un taxi.

–No tienes que venir conmigo. Estaré bien.

–Si eso es lo que quieres –respondió él, dándole al conductor dinero para pagar el trayecto. Entonces la miró–. Tallie… te telefonearé.

–Bueno… eso habría estado bien –comentó ella, todavía sonriendo–. Pero me temo que durante un tiempo voy a estar muy ocupada. Tengo que concentrarme en mi libro. Pero… gracias de todas maneras.

Entonces entró en el taxi y cerró la puerta tras ella con elegancia. Incluso le dijo adiós con la mano mientras el taxi se alejaba.

Pero en cuanto estuvo fuera del alcance de su vista se desmoronó. Sintiéndose una estúpida, se mordió el labio inferior y se dijo a sí misma que, aunque Justin no había sido tan poco considerado como lo había sido Gareth, había actuado de la misma manera.

La poca confianza que tenía en sí misma se había hecho pedazos de nuevo.

Cuando llegó al piso, entró con mucho cuidado para no hacer ruido; todo lo que quería era llegar al refugio que ofrecía su habitación.

Pero en cuanto cerró la puerta principal, Mark la llamó desde el salón.

–Tallie... ¿eres tú? –preguntó, levantándose y acercándose a la puerta del salón. Frunció el ceño al verla–. ¿Ya has vuelto? ¿Dónde está Justin?

–Bueno, no lo llevo escondido en mi bolso –logró contestar ella con indiferencia–. Se marchó a su casa. ¿No es eso lo que hace la mayoría de la gente al final de una velada?

–Pero yo pensaba... –comenzó a decir Mark, todavía con el ceño fruncido.

–¿Ah, sí? Yo también lo pensé, pero ambos nos equivocamos.

–Evidentemente –contestó él–. Yo acabo de volver y he abierto una botella de vino. ¿Te gustaría compartirla conmigo?

Sorprendida, Tallie vaciló. Tras la actitud distante que había tenido él durante las anteriores semanas, apenas esperaba que fuera a ser amigable con ella. Se preguntó si simplemente sentía pena porque la habían rechazado. Pero no quería estar sola...

–Pensaba que en estas ocasiones se ofrecía té y compasión –dijo, tratando de sonreír.

–¿Quién ha hablado de compasión? –preguntó él, indicándole que entrara al salón–. Voy a por un vaso para ti.

El salón estaba iluminado por una sola lámpara y la botella de vino estaba sobre la mesa de café.

Tallie se quitó los zapatos y se sentó en un sofá. Cuando él regresó con un vaso, le dio las gracias.

–Sin embargo, no parece apropiado que hagamos un brindis dadas las circunstancias –comentó Mark, que se sentó a su vez en otro sofá. También estaba descalzo. Llevaba puestos un jersey azul y unos pantalones vaqueros.

–Probablemente no –concedió ella–. ¿Has... has tenido una noche agradable?

–Fui al cine –contestó él–. Era una película tan mala, que salí de la sala cuando faltaba la mitad, ya que pensé que la vida es demasiado corta como para perderla de esa manera –entonces se encogió de hombros–. Pero quizá no estaba de humor.

–¿Fuiste solo?

–Bueno, no te sorprendas tanto –contestó Mark–. Paso algunas horas solo.

–Simplemente pensé que habrías ido con la señorita Randall.

–A Sonia sólo le gustan las películas en las que necesitas subtítulos para comprender los subtítulos. El esfuerzo que se requería esta noche era bastante más básico. ¿Hay algo más que quieras saber sobre mi relación con la señorita Randall o podemos olvidarnos del asunto?

–Encantada –contestó Tallie, bebiendo un poco de su vino.

–Y no te enfurruñes –añadió él.

Tallie fue a negar que pretendiera hacer aquello… justo cuando se percató de lo absurdo de ello y no pudo evitar esbozar una sonrisa.

–Así está mejor –dijo Mark–. Y ahora que ya hemos hablado de mi decepcionante noche, hablemos de la tuya. ¿Os habéis peleado Justin y tú?

–No, nada por el estilo. Tuvimos una cena estupenda y entonces él decidió, en todo su derecho, que yo no era suficientemente mayor, ni sofisticada, para él. Fin de la historia.

–No me lo puedo creer –comentó Mark, frunciendo el ceño–. ¿Estás segura de que no hubo ningún tipo de malentendido?

–Segurísima –contestó ella–. Yo creo que «corruptor de menores» es suficientemente directo como para despejar cualquier duda. ¿No lo crees tú?

–¿Corruptor de menores? –repitió él, despacio–. Pero eso es absurdo, una locura. Porque tú, Natalie Paget, no eres ni mucho menos una niña –entonces hizo una pausa–. Y con el aspecto que tienes esta noche, yo diría que estás irresistible.

Tallie se ruborizó y sintió cómo se le agitaba la respiración. Un tenso silencio se apoderó del ambiente.

–Pero está claro que Justin es consciente de… la diferencia de edad entre nosotros y… le preocupa.

–Diferencia de edad –repitió Mark con sorna–. Por Dios, el pobre infeliz tiene treinta años, un año menos que yo, y ninguno de los dos vamos a jubilarnos pronto.

–No he querido decir eso.

–Pues me alivia saberlo –dijo él, sirviéndose más vino.

–Mi falta de… experiencia es probablemente aún más importante.

–Dios mío, si fue de eso de lo que hablasteis, no me extraña que la noche terminara tan pronto.

–Sólo estoy tratando de encontrarle sentido –explicó ella.

–Quizá simplemente no tenía que ser –comentó Mark.

–Podría pensar eso, pero es que ésta no es la primera vez que me ocurre lo mismo... como ya te había mencionado antes.

–No me había olvidado.

–Sí... bueno, estoy comenzando a sentirme como si tuviera dos cabezas –dijo ella, forzándose en sonreír.

–Yo no lo pienso. Y, como creo que ya te había mencionado también, quizá deberías considerar tu inocencia como una ventaja en vez de como una carga.

–No es tan fácil. Me siento como... un bicho raro en un mundo en el que las chicas más jóvenes que yo ya han aprendido más cosas de sexo de las que yo jamás sabré.

–¿Y eso te parece una buena cosa? –preguntó él.

–En realidad... no, pero así es. Y, por alguna razón, yo estoy fuera del rebaño.

–Quizá ése no sea un mal lugar en el que estar –dijo Mark–. Hay cosas peores, créeme. Y ahora, creo que ha llegado el momento de que te vayas a la cama.

Tallie se quedó mirándolo y admiró sus facciones bajo la tenue luz. Lo miró de una manera que no había hecho antes y se dirigió a él con una voz que ni siquiera ella reconoció.

–¿Vienes conmigo?

Mark levantó la cabeza y se quedó mirándola en

silencio. Entonces se levantó y le quitó el vaso de la mano.

–Creo que has bebido demasiado, así que fingiré que no has dicho eso –aseguró.

–Mark, no estoy borracha. No me emborracho con dos vasos de vino, simplemente estoy harta de que me rechacen porque consideran que soy una niña. Y te estoy pidiendo... que me ayudes a convertirme en una mujer.

–Ofrecerte al hombre más cercano no es una señal de madurez –respondió Mark de manera cortante–. Y, de todas maneras, lo que pides es imposible.

–¿Por tus reglas de que vivimos bajo el mismo techo pero que debemos llevar vidas separadas? –quiso saber ella, agarrándolo de la mano–. Pero eso no tiene que cambiar por nada de lo que ocurra esta noche. Comenzará y terminará aquí. Después, las cosas volverán a ser exactamente como eran antes. Te lo juro. Sólo quiero perder mi virginidad, no comenzar una relación.

–Tallie, eso es precisamente lo que deberías querer –dijo él severamente, apartando su mano–. Ten paciencia. Quizá las cosas no hayan funcionado con Justin, pero conocerás a otra persona... alguien de quien te enamorarás y estarás contenta de... haber esperado para él.

–Pero cuando conozca a ese hombre, si lo hago, deberá ser en una posición de igualdad. No quiero sentir ningún trauma por no conocer el territorio que piso.

–¿Cómo no vas a conocer el territorio que pisas cuando las películas y la televisión dejan más que claro lo que ocurre? Pero si te quedan dudas, cómprate un buen manual de sexo.

–No me refiero a… los aspectos técnicos, sino a lo que me afecta a mí, a cómo me voy a sentir cuando esté pasando. Ni siquiera sé si soy frígida.

–Lo dudo –aseguró él–. Lo dudo mucho.

–Pero yo necesito estar segura –contestó ella, bebiendo un poco de vino–. Y, además, hay más posibilidades de que vaya mejor con él, con el hombre al que ame, si ya lo he hecho antes.

–No estoy seguro de estar de acuerdo.

–Bueno, yo sé… me han contado… que el sexo es más o menos un desastre la primera vez. Es doloroso y bastante vergonzoso. Así que me gustaría no experimentar esas cosas con alguien que me importa.

–Ah –dijo Mark–. ¿Y cómo he llegado yo a figurar en este atrayente escenario?

–Porque me debes una –contestó ella sin rodeos–. Me lo dijiste tú mismo.

–Sí, pero ésta no es la clase de recompensa en la que estaba pensando.

–Y también porque… porque no nos importamos el uno al otro –continuó Tallie–. Tú mismo lo dijiste; entre ambos no hay nada más que una tregua. Así que no importaría si resulta ser…

–Una catástrofe de proporciones épicas –sugirió él.

–¿Te estás riendo de mí? –preguntó ella.

–No –contestó Mark–. Nunca antes me había divertido menos en mi vida –añadió, levantándose y acercándose a la ventana–. Estás haciendo que me vea a mí mismo de distinta manera, cariño… el malnacido sin sentimientos que abandona a chicas inocentes heridas.

–Jamás pensé eso –aclaró Tallie, mordiéndose el labio inferior–. Oh, Dios, he complicado todo esto, ¿verdad? Sólo quería que supieras que, si aceptas, no tendré ningún tipo de expectativas, no te exigiría nada. Simplemente reanudaríamos la tregua hasta que yo pueda encontrar otro lugar donde vivir y así salir para siempre de tu vida. Es decir, seguir con el plan original.

Entonces hizo una pausa.

–Y el… el resto, supongo que sabrás… lo que haces. Seguramente tratarás de no hacerme daño. Después de todo, tienes mucha experiencia…

–He tenido muchas mujeres –concedió él–. Pero desafortunadamente no es martes, el día en el que desvirgo a las vírgenes.

–Ahora te estás burlando de mí –le reprendió ella.

–Sí… no. Ni siquiera estoy seguro. Por el amor de Dios, olvidémonos de que esta absurda conversación ni siquiera comenzó. No sabes lo que estás pidiendo.

–¿Realmente sería tan difícil? –preguntó Tallie, levantándose–. Antes has dicho que yo era… irresistible. Pero no es cierto, ¿verdad, Mark? No parece que tengas ningún problema en resistirte a mí. ¿Por qué lo dijiste si no lo decías en serio?

–Porque en ese momento no estaba luchando contra un sentimiento latente de decencia, maldita sea. Pero quizá deba rendirme. Da una vuelta, despacio.

Desconcertada, Tallie le obedeció y observó cómo él esbozaba una leve sonrisa al mirarla.

–Ahora quítate la ropa y hazlo otra vez… incluso más despacio. Sólo para refrescarme la memoria.

Ella se quedó mirándolo con la boca abierta debido a la impresión.

–¿Estás perdiendo el valor, cariño? ¿Te estás preguntando si realmente quieres estar desnuda de nuevo delante de mí? Sobre todo ahora, que sabes que haré mucho más que mirar.

–Si… si es lo que quieres… –contestó Tallie, buscando la cremallera de su vestido.

–No –dijo él bruscamente–. Era sólo un intento de que recuperaras la cordura, pero parece no funcionar. Por lo tanto…

Entonces se acercó a ella y le apartó un mechón de pelo de la cara. Le acarició la mejilla y la mandíbula. Lo hizo de manera muy delicada, pero a ella pareció derretirle los sentidos y tuvo que reprimir un grito ahogado.

–Esto es nuevo para mí, así que quizá sea mejor que vayas a tu habitación y que yo me reúna allí contigo... cuando haya tenido la oportunidad de pensar un poco.

Tallie asintió con la cabeza y trató de sonreír… pero falló. Entonces se marchó… para esperar.

Pero una vez que se sentó en la cama para esperarlo, se percató de que quizá aquélla era la peor parte de todo. Los nervios de la espera, la tensión del momento en el que él abriera la puerta…

Entonces se levantó y comenzó a arreglar un poco la habitación. Miró la puerta y se preguntó dónde estaba Mark y por qué estaba tardando tanto tiempo. Se planteó que quizá le había oído mal y que tal vez lo que había querido decir él era que ella fuese a su habitación.

Había sólo una manera de saberlo, por lo que salió al pasillo y se dirigió al dormitorio de él.

–Mark –dijo, llamando a la puerta, que estaba entreabierta–. Mark, ¿estás ahí?

Pero la habitación estaba vacía y se percató de que no se oía ningún ruido en todo el piso. Sintió mucho frío al percatarse de que él se había marchado y la había dejado sola.

Capítulo 9

LOS zapatos que se había quitado en el salón todavía estaban en el suelo. Los agarró y se sentó en el sofá. Eran muy bonitos. Recordó haberlos admirado al haber estado vistiéndose aquella tarde para la importante cita que iba a tener, cita que había pensado iba a recordar siempre.

Y así sería, pero no por las razones que había sospechado.

Lo peor de todo era que había complicado aún más las cosas al haberse lanzando a otro hombre más que no la deseaba.

Atontada, se preguntó por qué Mark no le habría confesado que no podía hacerlo.

Se preguntó qué iba a decirle cuando lo volviera a ver, si incluso debía disculparse.

Dejó de nuevo los zapatos en el suelo y agarró el vaso de vino que había sobre la mesa. Deseó que quedara suficiente vino en la botella para poder emborracharse y que todo aquello no le doliera tanto.

Pero entonces oyó un portazo en la puerta principal y derramó unas gotas de vino en su vestido al ver a Mark entrar en el salón.

–¿Tallie? –dijo él con expresión burlona–. ¿Cómo es que no estás debajo de las sábanas de tu cama esperando a que yo me lleve tu inocencia? Estoy sorprendido.

–Pensaba... pensaba que habías cambiado de idea –contestó ella.

–De ninguna manera –aclaró él–. He ido a una farmacia de guardia.

–Oh...

–Oh, desde luego –repitió Mark–. Pobre Tallie, ¿es el sexo seguro demasiada realidad para ti?

–No –respondió ella, levantando la barbilla y sintiéndose invadida por un tumulto de emociones contradictorias–. No esperaba ningún tipo de romance. No soy estúpida.

Mark se acercó a ella y le quitó el vaso de la mano.

–¿Estás tratando de anestesiarte? –preguntó, negando con la cabeza–. Yo necesito que estés completamente despierta y consciente –entonces la tomó de las manos–. Ahora ven conmigo.

Tallie pensó que, si había un momento para decirle que se lo había pensado mejor, era aquél. Pero él la guió hacia su habitación y cerró la puerta tras ellos.

Allí de pie, observó cómo Mark se quitaba la chaqueta y cómo sacaba un paquete del bolsillo de su pantalón, paquete que dejó sobre la mesilla de noche.

Todo era tan práctico, incluso superficial, que pensó que ella debía comportarse de la misma manera.

Mark se quitó el jersey y, justo cuando fue a desabrocharse los pantalones, ella se dio la vuelta y trató de bajar la cremallera de su vestido... pero no lo logró.

–¿Tienes problemas? –preguntó él.

–Creo que la cremallera se ha atascado.

–Ven aquí –indicó Mark con voz suave.

–Me siento tan estúpida –comentó ella, percatándose de que él todavía llevaba puestos los pantalones.

–¿Por qué? Después de todo, me voy a divertir desvistiéndote, cariño, mucho más de lo que parece que lo estás haciendo tú –dijo, divertido–. ¿O pretendes que comparta tu falta de placer en lo que está a punto de comenzar? Si eso es lo que quieres, te aseguro que te quedarás decepcionada, ya que voy a saborear cada instante.

Tallie no supo qué contestar y simplemente se quedó allí de pie mientras Mark le bajaba la cremallera del vestido y se lo quitaba. Entonces soportó cómo él analizaba su cuerpo con la mirada, cuerpo sólo cubierto por dos pequeñas prendas de lencería.

–Simplemente el verte así, Tallie, hace que todo merezca la pena –dijo Mark antes de abrazarla y besarla.

Lo hizo de una manera cálida, delicada, y ello sorprendió a Tallie, que no había esperado ningún tipo de ternura. Pero ella no iba a responder y simplemente se quedó allí de pie, pasiva.

Él comenzó a acariciarle el cuerpo y ella no pudo evitar la inoportuna respuesta de las terminaciones nerviosas de su cuerpo.

Al sentir cómo se le aceleraba el corazón, se apartó de él.

–No tienes que tratarme como si estuviera hecha de cristal. Sé… sé por qué estamos aquí –dijo.

–Prefieres que sea más directo. Está bien –contestó él, tomándola en brazos y dejándola sobre la cama. Entonces se arrodilló a horcajadas sobre ella.

Se bajó la cremallera del pantalón y metió dos dedos por debajo de las braguitas de Tallie…

–No –espetó ella, apartándolo con las manos–. No puedes… así no… oh, Dios, por favor…

–Sí que podría –contestó él en tono grave–. Disfrutaría y te convencería de que hicieras lo mismo… en las circunstancias adecuadas. Pero tengo que admitir que no en tu primera vez.

Entonces se apartó de ella y se tumbó a su lado. Estuvo un rato en silencio y, a continuación, acercó la mano para acariciarle el pelo y el cuello.

–Tallie… me dijiste que querías esto –dijo.

–Y así es –contestó ella sin mirarlo–. Es sólo que…

–Entonces acepta que estamos del mismo lado y trata de confiar en mí. Ahora voy a terminar de desnudarme y a meterme en la cama. Si pretendes continuar, te sugiero que hagas lo mismo.

Tallie se sentó en el borde de la cama y se quedó allí quieta durante unos momentos. Trató de calmarse y de recuperar la valentía. Sintió cómo él se desnudaba…

–Estoy esperando –dijo Mark.

Ella se negó a sí misma la posibilidad de vacilar durante más tiempo y se quitó el sujetador y las braguitas. Se metió a toda prisa debajo de las sábanas y se tumbó mirando al techo.

–Tallie, si decides en algún momento que quieres que nos detengamos, sólo tienes que decírmelo –informó él–. Desde mi punto de vista, preferiría que fuera antes que después… y desde luego antes del punto de no retorno. No quiero estar sufriendo durante una semana.

–No… no te voy a pedir que te detengas. Tienes mucha paciencia conmigo, lo sé, y te estoy… muy agradecida.

–Puedo ser más paciente de lo que jamás hayas soñado –dijo él en voz baja–. Ahora, debes comenzar a escuchar lo que te dice tu cuerpo. ¿Lo harás?

–Lo… lo intentaré. De verdad… Mark –contestó ella, dándose la vuelta hacia él. Le acarició un hombro.

Cuando él acercó su cara a ella, Tallie aceptó sus intenciones.

En aquella ocasión el beso de Mark fue más apasionado; exploró la dulzura de su boca y saboreó su delicadeza.

Murmurando de satisfacción, la acercó aún más hacia sí y sus desnudos cuerpos quedaron apoyados el uno en el otro.

Cuando por fin dejó de besarla, a ambos les faltaba el aliento. Mark bajó la mirada y admiró los pechos de ella.

–Exquisitos –dijo con dulzura.

–Son demasiado pequeños –contestó Tallie, apartando la mirada. Estaba ruborizada.

–No –contradijo él–. Son absolutamente adorables, porque puedo hacer esto… –entonces cubrió uno de los pechos con su mano y comenzó a incitar el pezón con su dedo meñique–. Y también esto… –añadió, metiéndose el pezón en la boca y lamiéndolo.

Un torrente de sensaciones se apoderó de Tallie. Le recorrió todo el cuerpo y fue directo al centro de su feminidad. No pudo evitar emitir un gemido.

Mark volvió a besarle la boca mientras continuaba incitando sus pechos con los dedos y la llevaba a un nivel de necesidad casi angustioso.

Tallie le acarició los hombros, el cuello, el pecho, los masculinos pezones, bajo los que sintió la fuerza con la que le latía el corazón. Consciente de la potente dureza masculina que le presionaba los muslos, no supo si sentirse asustada o exultante ante la prueba de que la deseaba.

Mark continuó acariciándola, explorando su cuerpo de tal manera que ella sintió cómo todos los músculos le temblaban bajo el sutil movimiento de aquellas manos. Y donde tocaban sus dedos, tocaba después su boca.

Él le había pedido que escuchara a su cuerpo y lo que su cuerpo le decía, ante su asombro, era cuánto lo deseaba. Y cuando Mark hizo que le diera la espalda para poder darle pequeños besos a lo largo de la columna, sintió cómo su cuerpo se arqueaba y se estremecía. Deseaba más, mucho más, y disfrutó de la sensación de sentir sus pechos tan excitados por los dedos de él.

Pero entonces Mark bajó las manos hacia su trasero, el cual acarició rítmicamente, provocando que ella perdiera el control.

Aquél no era el procedimiento formal que Tallie había pedido para poder aprender, procedimiento que quizá hubiera podido soportar. Estaba perdida, ahogada en sentimientos que no sabía que existían. Estaba asustada por la fuerza de su propia necesidad.

Mark la atrajo hacia sí, le acarició los pechos mientras le besaba la garganta para, a continuación, bajar una mano hacia sus muslos y acariciar su delicada piel.

La estaba volviendo loca de necesidad, ya que la estaba tocando en todas partes menos donde debía... en su parte más íntima, donde más lo deseaba, donde estaba ardiendo de pasión por él, derritiéndose por él...

Por fin, justo cuando pensó que iba a tener que suplicar, Mark cubrió con la mano su entrepierna y acarició la diminuta perla de su feminidad. La penetró con los dedos delicadamente.

–Oh, Dios –dijo ella con una débil voz al sentir su cuerpo inundado de placer. Se arqueó hacia él para que así Mark pudiera profundizar la exploración de la más íntima parte de su ser.

Se percató de que le estaba acariciando con el dedo pulgar la sensible perla de su sexo y de que la estaba excitando con tal maestría que le fue difícil respirar.

Sintió cómo crecía dentro de su cuerpo una sensación que iba más allá de la mera excitación, una inexorable espiral de intensidad que amenazaba los últimos resquicios de control que le quedaban. Estaba aterrorizada, ya que lo que le estaba ocurriendo en aquel momento era demasiado y no podría soportar más.

Trató de pedirle que se detuviera, pero lo único que logró emitir fue un leve gemido que denotaba deseo, no protesta.

Y entonces fue demasiado tarde, ya que un océano de sensaciones se apoderó de su cuerpo casi como una agonía. Sintió cómo los espasmos de un placer irresistible invadían su cuerpo antes de regresar a la realidad, realidad que ya había cambiado para siempre. Entonces, se percató de que Mark la estaba moviendo, colocándola con delicadeza sobre las almohadas.

Al abrir los ojos, vio que él estaba a su lado, apoyado en un hombro mientras la observaba.

–Pensé que me iba a morir –dijo ella.

–Pero aquí estás, viva y estupendamente bien –contestó él, acariciándole la mejilla–. Quizá tus alarmistas amigas deberían haberte explicado también... el increíble poder del orgasmo.

–Quizá no lo conocían –comentó Tallie.

–Tal vez –concedió Mark, que parecía divertido–. Lo que te hace tener ventaja y, desde luego, no ser frígida.

–Gracias –dijo ella, avergonzada.

–Me alegro de haber sido de ayuda, pero todavía no se ha acabado... como debes haberte percatado.

–Sí... sí, desde luego –contestó ella, preguntándose cómo iba a no percatarse cuando él estaba tumbado a su lado desnudo... con la evidencia de ello claramente expuesta–. Estoy dispuesta.

–Yo creo que no –dijo Mark–. No en este preciso momento, pero lo estarás pronto.

Entonces comenzó a besarla de nuevo. Durante un segundo, ella trató de resistirse, pero el cálido y sensual movimiento de la boca de él era demasiado tentador como para no abrir los labios...

Inmediatamente la besó más apasionadamente y ella lo abrazó por el cuello, respondiéndole con su recién descubierto ardor. Presionó su cuerpo contra el de él en una abierta invitación. Mark gimió levemente al encontrar con las manos los ansiosos pechos de ella. Le acarició los pezones y la excitó hasta el paroxismo.

Por fin, a regañadientes, dejó de besarla y se apartó de ella. Tallie protestó y trató de agarrarlo...

–Sí, cariño –dijo él–. Pero primero tengo que ocuparme de protegerte.

Ella esperó y sintió cómo su cuerpo se derretía por él. Cuando Mark regresó y se colocó sobre su cuerpo, lo miró con los ojos como platos. Entonces él la penetró, despacio, con cuidado, mientras la miraba a la cara para ver si reflejaba dolor o incomodidad.

Durante un instante, Tallie se preparó en espera de dolor, pero no ocurrió. En vez de dolor y dificultad, lo que obtuvo fue una sensación de complementariedad, como si hubiera sido creada para aquello… para aquel hombre.

Lo abrazó por los hombros y sonrió para responder a la pregunta que reflejaban los ojos de él, que comenzó a hacerle el amor lentamente.

–Mark, ya te lo dije antes; no estoy hecha de cristal, así que no creo que tengas que ser tan… tan paciente… durante más tiempo.

–Tallie, podría hacerte daño.

–No me lo harás.

–No lo sabes.

–Enséñame –susurró ella. Obedeciendo un instinto que apenas comprendía, le abrazó las caderas con las piernas–. Enséñame.

Mark gimió y alteró el ritmo. Comenzó a moverse más rápida y poderosamente. Ella se aferró a él mientras gemía y se dejaba llevar por aquella fuerza sensual y por las intensas sensaciones que se estaban apoderando de su cuerpo.

Comenzó a moverse para acompasar el ritmo y oyó cómo la manera de respirar de él cambiaba. Se percató de que la velocidad a la que estaban haciendo el amor también había cambiado; se había acelerado considerablemente y amenazaba con dejarla atrás.

Pero Mark introdujo la mano entre ambos y comenzó a acariciarle de nuevo el punto más sensible de su cuerpo, provocando que ella alcanzara un frenético éxtasis.

Y, justo cuando estaba en la cúspide del placer,

oyó cómo él gemía profundamente al alcanzar su propio clímax.

Después, se quedó tumbada en los brazos de Mark, que apoyó la cabeza en sus pechos. Sorprendida, pensó que era una mujer, la mujer del señor Benedict. Pero se recordó a sí misma que aquello no era cierto. No podía fingir que lo era. Él simplemente había hecho lo que ella le había pedido y ya había terminado.

Como si le hubiera leído la mente, Mark se apartó de ella, se levantó de la cama y se marchó de la habitación sin decir ni una sola palabra.

Ella se sintió desolada. Se llevó la mano a la boca al sentir cómo se le formaba un nudo en la garganta y cómo le caían las lágrimas por las mejillas. Emitiendo un pequeño sollozo, hundió la cabeza en la almohada.

–¿Tallie? –preguntó él al regresar a la habitación. Suspiró al ver la húmeda cara de ella y volvió a tumbarse a su lado–. Oh, Dios mío, al final te hice daño. Tenía miedo de hacerlo.

–No… no, no me lo hiciste –contestó ella, apoyando la cabeza en el pecho de él mientras éste le acariciaba el pelo–. Simplemente estoy siendo… una tonta.

–Probablemente también estés en estado de shock –comentó Mark–. Ahora creo que ambos deberíamos tratar de dormir.

Tallie pensó que le iba a ser muy difícil dormir debido al torbellino de emociones que estaba sintiendo, pero la manera en la que él le acariciaba el pelo era tranquilizadora y quizá si cerraba los ojos…

Cuando Tallie se despertó, la luz del sol se colaba por la ventana. Se sintió muy bien y se dio la vuelta, sonriendo, para mirar a Mark.

Pero en la cama no había nadie más que ella y la ropa del otro lado estaba muy arreglada.

Como si hubiera pasado la noche sola. Como si los inolvidables momentos en el paraíso que había pasado la noche anterior no hubieran existido. Como si hubieran sido un sueño. Pero su cuerpo le expresaba una historia muy diferente.

Se levantó de la cama y se puso su albornoz.

Pensó que tal vez él no quería incomodarla ni hacer que se avergonzara de lo que había ocurrido. Se lo encontró en la cocina, vestido y leyendo el periódico.

–Buenos días –dijo él educadamente–. Si quieres, hay café recién hecho en la cafetera.

Tallie trató de pensar en algo que decir, pero no podía razonar con claridad. Sintió la necesidad de arroparse aún más con el albornoz, como para esconderse de él.

Mark agarró su maletín, se levantó y se dirigió a la puerta.

–Me voy a Bruselas –explicó–. Seguramente esté fuera durante dos o tres días.

Ella no podía hablar, no encontraba nada racional que decir, por lo que simplemente asintió con la cabeza.

Cuando él pasó por su lado y le dirigió una leve sonrisa, pudo oler el aroma de su colonia y de su limpia y cálida piel.

Era la familiar fragancia que recordaba de la noche anterior. Pero en aquel momento le era extraña...

A pesar de ello, y para su vergüenza, sintió cómo todo su cuerpo lo deseaba.

Cuando oyó la puerta principal cerrarse tras él, se dejó caer al suelo, donde se sentó.

Todo lo que le quedaba era volver a la tregua, ya que aquello era lo que le había prometido a él, que no habría expectativas ni exigencias. Y Mark había dejado claro con su comportamiento que era lo que quería.

Nada de lo que había ocurrido durante la maravillosa y salvaje noche anterior iba a suponer ninguna diferencia. Habían estado practicando sexo, no haciendo el amor.

Se sintió enfadada consigo misma. Se levantó y se dirigió al cuarto de baño, donde se dio una larga ducha para olvidar la desastrosa locura que había cometido y la posterior humillación a la que se había visto sometida, humillación que se merecía.

Lloró bajo el agua de la ducha, pero se dijo a sí misma que serían las últimas lágrimas que derramaría. Mantendría las distancias con Mark, tal y como le había prometido. Así lo haría hasta el día en el que se pudiera marchar y no tuviera que volver a verlo.

Tenía que odiarlo. Y sabía cómo conseguirlo… tal vez incluso disfrutara de ello.

Capítulo 10

CONSCIENTE de que estaba temblando ligeramente, Tallie se quedó mirando los folios de papel que salían de la impresora.

Por fin había terminado la escena en la que la pobre y aterrorizada Mariana era violada por Hugo Cantrell en venganza por haber perdido un dinero que había dejado con ella. Probablemente era lo más dramático que había escrito hasta aquel momento, ya que había reflejado en la escena todo el dolor y la amargura que ella misma había sentido tras su noche con Mark y la completa humillación que le había seguido.

Aunque lo que ellos habían hecho juntos no tenía nada que ver con una violación.

Durante un momento había llegado a pensar que lo que habían compartido también había significado algo para Mark… pero se había equivocado completamente.

El problema era que ella no podía haber previsto cómo se iba a sentir en sus brazos. Aunque no le podía echar la culpa a él; todo era culpa suya y su enfado debía tener un solo destinatario… ella misma.

La sensación de pérdida y el dolor que sentía la estaban incluso asustando debido a su intensidad. No sabía cómo iba a reaccionar cuando lo viera de nuevo.

Mark llevaba ya fuera más de tres días y se dijo a sí misma que, cuanto más tiempo estuviera él fuera, mejor, ya que le daba más plazo para recuperarse y lograr ser tan indiferente como él.

Le era fácil decir aquello a la luz del día, pero las noches eran otra historia muy diferente.

No podía quitarse de la cabeza los momentos que habían compartido ni aliviar el hambre que sentía de él. Se despertaba constantemente debido a los agitados sueños que tenía, en los cuales trataba de alcanzarlo, de saborearlo de nuevo...

Durante las anteriores veinticuatro horas había estado en ascuas, esperando en cualquier momento que la puerta principal se abriera y que él entrara en el piso.

Aunque tuvo que reconocer que influía el hecho de que estaba en su despacho... utilizando su impresora sin permiso.

Cuando hubo terminado de imprimir, colocó los folios en la carpeta que llevaba consigo. Ya había escrito más o menos dos tercios del libro y por primera vez no estaba convencida de la dirección que debía seguir la historia.

Había llegado el momento de obtener la segunda opinión profesional que había ofrecido Alice.

–Sí, déjame leerlo –había sido la respuesta de Alice Morgan a la llamada telefónica que había realizado Tallie aquel mismo día–. ¿Puedes traérmelo aquí? Bueno, no estaré durante unas horas, pero puedes dejarlo con mi asistente y yo lo leeré en cuanto pueda.

Mientras metía la carpeta en un sobre y escribía una nota, Tallie pensó que aquello iba a ser como esperar a que se dictara una sentencia. Entonces salió del piso en dirección a la editorial, que tenía su sede en el Soho.

–Oh, sí, señorita Paget –dijo la asistente de Alice al aceptar el sobre, consciente de su contenido.

Tallie no regresó directamente a casa, sino que se dirigió a dar un paseo. Miró los escaparates de algunas tiendas y los carteles que anunciaban obras de teatro. Se imaginó una época en la que no tuviera que contar cada céntimo que tenía.

Sintió hambre y regresó a Albion House. Justo cuando iba a entrar en el edificio, alguien la llamó.

–Tallie, pensé... deseé... que fueras tú.

–¿Justin? –dijo ella al darse la vuelta y verlo. Se esforzó en sonreír–. ¡Qué sorpresa!

–Espero que no haya sido una mala sorpresa –comentó él con voz compungida–. Sé que quizá yo sea la última persona a la que quieres ver, pero creo que tenemos que hablar. Y he traído comida –añadió, levantando una bolsa–. Alitas de pollo. ¿Puedo subir al piso?

Al ver que ella vacilaba, insistió.

–Por favor, Tallie. Debes de estarte preguntando por qué me comporté de una manera tan extraña la otra noche.

–No –se apresuró a contestar ella–. De verdad, yo... yo comprendo.

–¿Sí? ¿Te lo explicó Mark?

–No –contestó ella, ruborizada–. No, él no me dijo nada. No... no fue necesario.

–Supongo que viste mi reacción ante Clive y supusiste el resto –dijo Justin, suspirando.

–Sí –concedió ella–. Algo así –añadió, pensando que no quería mantener aquella conversación.

–Pero seguro que no supusiste todo y por eso tengo que hablar contigo. ¿Me vas a escuchar?

–Sí, supongo que sí –concedió ella de nuevo, pero lo hizo de mala gana.

Justin suspiró mientras la seguía dentro del edificio. Al entrar al piso se dirigieron a la cocina, donde se sentaron a comer. Una vez terminaron con el pollo, ella preparó dos tazas de café y se sentó a escuchar lo que tuviera que decir él.

–Primero, tengo que decirte que, si hubiera tenido la más mínima idea de que Clive iba a estar en Pierre Martin, habríamos ido a otro lugar, pero ni siquiera sabía que estaba de vuelta en Gran Bretaña.

–Quizá también debas decirme por qué parece que él te importa tanto.

–Clive iba a convertirse en mi cuñado –contestó Justin tras una pausa. Su voz reflejaba amargura–. Yo estaba comprometido con su hermana, Katrin. Oficialmente comprometido, con anillo de diamante y todo. Nos habíamos conocido seis meses antes en una fiesta y ella era la mujer más hermosa que yo jamás había visto. Y cuando aceptó casarse conmigo, yo me dije a mí mismo que no me merecía ser tan feliz.

Justin hizo una pausa antes de continuar explicándose.

–Había visto a Clive un par de veces y no me había gustado demasiado, pero me dije a mí mismo que me iba a casar con Katrin, no con su familia. Y, como ellos pasaban la mayor parte del tiempo en un yate en el Caribe, de todas maneras no estarían cerca para molestarnos. No había conocido a su padre hasta aquel momento, pero no suponía un problema. Sólo tenía que convencerlo de que amaba a Katrin y de que podía mantenerla económicamente. Estaba hecho... o por lo menos eso pensé yo.

Entonces hizo una pausa para beber café.

–Me sorprendió mucho cuando me dijeron que fuera a Miami para conocer a su padre, pero ya había supuesto, por lo que me había contado Katrin, que su padre era un hombre poderoso y que hacía las cosas a su manera. No permití que me perturbara.

Tallie estaba escuchando atentamente.

–Pero me decepcionó que Katrin no viniera conmigo –continuó él–. Me dijo que iba a ser una conversación de hombres y que su presencia sería superflua. Así que fui en avión a Miami para conocer a Oliver Nelson en uno de esos lujosos hoteles. Parecía amistoso, pero yo podía percibir que me estaba evaluando. Después, mientras cenábamos en su suite, me dijo que quería más que un yerno... quería un socio. Y con mi experiencia en banca y contabilidad, yo era el candidato ideal.

Justin agitó la cabeza.

–Entonces me dijo lo que quería. Lo camufló un poco, pero era blanqueo de dinero y ambos lo sabíamos. Así que le dije que... no. También le dije que seguiría adelante con la boda y que me aseguraría de que Katrin lo viera lo menos posible en el futuro. Él... sonrió y me preguntó quién pensaba yo que había sugerido que ella tuviera una relación conmigo.

–No –impresionada, Tallie puso una mano sobre la de él–. No podía estar hablando en serio.

–Oh, pero sí que hablaba en serio y Katrin lo reconoció cuando, a mi regreso, se lo pregunté. Me dijo que no comprendía dónde estaba el problema, que si yo no quería ser enormemente rico. Aseguró que me habían ofrecido una oportunidad increíble y que mi actitud le parecía... decepcionante. Y, por lo tanto, yo también lo era.

Justin tuvo que hacer otra pausa para tratar de encontrar fuerzas y seguir hablando.

–Cuando fui lo suficientemente estúpido como para decirle que los planes que teníamos me parecían estupendos, ella me miró sin sonreír y me dijo que, a no ser que yo llevara a cabo el acuerdo con su padre, no teníamos futuro. Más tarde, aquella misma noche, se marchó de casa.

–Justin… lo siento tanto –dijo Tallie–. Es… increíble.

–Yo pensé lo mismo, hasta que descubrí que ella se había marchado en el primer avión a Miami para disfrutar junto a su padre de un crucero. Entonces me di cuenta de que había hablado muy en serio.

Justin miró a Tallie y se forzó en sonreír.

–Eso ocurrió… hace casi un año. Desde entonces he estado tratando de enderezar mi vida de nuevo y pensé que estaba teniendo éxito. Conocerte, que me gustaras y que me atrajeras tanto… fue un gran paso para mi recuperación.

–Justin, no tienes por qué decir eso…

–Sí, tengo que hacerlo –interrumpió él–. Porque es la verdad. Dios mío, Tallie, tú debes saber que tenía planes para esa noche. Iba a empezar de nuevo con una chica encantadora.

–¿No me utilizaste para enmascarar tu dolor? –preguntó ella.

–Desde luego que no –contestó él–. Nada de eso. De hecho, estaba tan convencido de que me había curado que te llevé a Pierre Martin.

–Ya veo –comentó ella–. Estuviste allí con Katrin la noche de la inauguración, ¿verdad? Así que fue como una especie de prueba para ti.

Justin asintió con la cabeza.

–Y todo estaba saliendo bien, maravillosamente, hasta que Clive se acercó a la mesa. Pensé que iba a poder soportarlo, pero cuando mencionó una fiesta familiar me destrozó, abrió la herida de nuevo. Una agobiante sensación de que, si levantaba la vista, vería allí a Katrin se apoderó de mí. Sabía que algún día tendría que ocurrir. Pero había pensado que cuando nos encontráramos de nuevo yo sería capaz de soportarlo.

Justin mantuvo silencio durante un momento.

–Pero repentinamente me percaté de que me estaba engañando a mí mismo; no me atrevía a levantar la vista porque no había superado lo de Katrin en absoluto. Ella todavía ocupaba mi corazón. Y me asusté, Tallie. Me aterrorizó la idea de acercarme a la mesa en la que estaban y decirle que haría cualquier maldita cosa que me pidiera su padre con tal de... de... de que ella regresara conmigo.

–¿Y por eso quisiste marcharte? –preguntó Tallie débilmente–. ¿No por las otras cosas que dijo él?

–Apenas escuché al venenoso malnacido –admitió Justin malhumoradamente–. Sólo sabía que tenía que salir de allí antes de hacer algo realmente estúpido y destrozar el resto de mi vida.

–Desearía que me hubieras dicho en aquel momento lo que estaba ocurriendo –comentó ella.

–Debería haberlo hecho, pero supongo que estaba demasiado confundido. Y también avergonzado. Por eso he venido hoy... para arreglar las cosas, si es posible. Y para pedirte que me perdones.

–Por supuesto que te perdono –contestó ella–. Aparte de lo que ocurrió, fue una cena estupenda y lo pasamos bien. Así que... ¿amigos?

–Me encantaría –dijo Justin, no dejando que ella

apartara la mano que había puesto sobre la suya–. Tallie, quiero que sepas que si las cosas fueran distintas...

–Sí –concedió ella, apartando la mano con delicadeza–. Eres un tipo encantador, Justin, y sé que llegará un momento en el que estarás preparado para ser feliz de nuevo. Ahora mismo simplemente es demasiado pronto.

Una vez Justin se marchó, ella fue al salón y se echó en el sofá. Se dijo a sí misma que había estado muy equivocada; sólo se había preocupado por los groseros comentarios de Clive... comentarios que Justin ni siquiera había oído, comentarios que no le habrían importado aunque lo hubiera hecho.

Pero ella se había apresurado a tomar sus propias conclusiones y había malinterpretado la situación. Pensó que algún día Justin le contaría a Mark la verdad sobre aquella velada en Pierre Martin y Mark pensaría que ella se lo había inventado todo para acostarse con él.

Entonces, se levantó y se dirigió al cuarto de baño, donde preparó la bañera y estuvo dentro durante casi una hora. Al salir, se arropó con el albornoz y se tumbó en la cama. Deseó que a la señora Morgan le gustara lo suficiente el libro como para mostrarlo a alguna editorial y quizá poder conseguirle un poco de dinero. De aquella manera podría mudarse a otra casa antes de que Mark se enterara de la verdad...

Tallie se despertó sobresaltada, pero se dio cuenta inmediatamente de que debía haber estado durmiendo durante sólo unos minutos. Aunque al mirar el reloj de la habitación le sorprendió ver que no habían sido minutos, sino horas, lo que habían pasado desde que se había quedado dormida.

Se sentó en la cama y se percató de que el piso estaba en silencio. Pero aun así, instintivamente sabía que no estaba sola. Mark había regresado.

Tenía que enfrentarse a él. Se levantó, se puso unos pantalones vaqueros limpios, una camiseta sin mangas y se dirigió a buscarlo.

Lo encontró en el salón, echado en el sofá con un vaso de whisky en una mano y varios documentos esparcidos sobre la mesa. Al oírla, se levantó educadamente.

–Hola –saludó Tallie–. No te oí llegar.

–Llevo ya un rato en casa. Me alegra no haberte molestado –contestó él inexpresivamente.

Pero ella pudo intuir la tensión que reflejaba su voz. Se dijo a sí misma que mantuviera la calma.

–No estaba trabajando –dijo–. En realidad estaba descansando. He trabajado mucho desde que te has ido.

Mark no contestó, simplemente se quedó mirándola y frunció el ceño.

–Así que quizá pronto vuelvas a tener tu piso para ti solo –continuó, desconcertada–. ¿Qué tal por Bruselas?

–Como siempre –contestó él–. De reunión en reunión.

–Así que ambos hemos estado muy ocupados –comentó ella, señalando los documentos que había sobre la mesa–. Y tú estás tratando de trabajar ahora, así que no te molestaré más tiempo.

Mark esbozó una mueca que parecía indicar que ella no podía distraerle en absoluto.

–¿Has comido? –preguntó Tallie.

–Más tarde voy a salir –contestó él con frialdad, como advirtiéndole de que se estaba excediendo.

–Desde luego –concedió ella, pensando que Sonia, o cualquier otra mujer, le estaría esperando.

Regresó a su dormitorio con el corazón destrozado y herida ante la idea de que él no iba a pasar la noche en su cama... No sabía cómo iba a ser capaz de soportarlo.

Una semana después, Tallie tuvo noticias de Alice Morgan y pensó que aquellos siete días habían sido un infierno.

Desde que Mark había regresado, la tensión entre ambos era casi palpable. Él había decidido trabajar en casa la mayor parte del tiempo, y el único respiro habían sido las visitas de la señora Medland, la señora de la limpieza, una agradable mujer que no tenía nada que ver con el «dragón» que había mencionado Kit.

Las cosas no habrían ido tan mal si hubiera podido trabajar en su libro, pero estaba en blanco y no sabía cómo proseguir.

Salió del piso frecuentemente y exploró Londres andando y en autobús. Por las tardes pasaba la mayor parte del tiempo en casa de Lorna. Pero cuando regresaba al piso cada noche se sentía mortificada al encontrarlo vacío y comenzar a preguntarse con quién iría a acostarse Mark.

Sabía que quizá no estuviera con Sonia, como le había contado Penny en una de sus inesperadas visitas.

–Dicen por ahí que la relación se enfrió hace

tiempo y que ella está enfadada –había dicho Penny–. Recemos para que sea verdad y para que esta vez él haya encontrado a alguien ligeramente humano.

Tallie estaba nerviosa ya que no sabía qué le iría a decir Alice Morgan, pero mientras entraba en las oficinas de la agencia se dijo a sí misma que por lo menos la guiaría un poco.

La señora Morgan la recibió con una sonrisa y con el ofrecimiento de café que ella aceptó.

–Primero… –comenzó a decir la agente– permíteme que te diga que estoy emocionada ante la manera en la que has afrontado todo esto. Hay ciertos aspectos que podrían ser reforzados, pero parece que dominas la historia y describes muy bien las escenas de acción. Estaba disfrutando de la historia y entonces… zas… repentinamente todo se convierte en un desastre.

Alice Morgan agitó la cabeza.

–Tallie, querida, no quiero imponer una política moralista moderna en una historia que se desarrolla hace doscientos años, pero aun así no puedes permitir que el héroe viole a la heroína.

–Pero no lo hace –aclaró Tallie.

–Bueno, no sé cómo lo calificas tú, pero cuando un hombre ata las manos de una mujer y la fuerza repetidamente… cuando la hiere y la humilla de tal manera que, sinceramente, me puso los pelos de punta…

–Sí, pero es Hugo Cantrell quien viola a Mariana –dijo Tallie, levemente desesperada–. Él no es el héroe… es el villano.

–¿El villano? –repitió la señora Morgan con la incredulidad reflejada en la voz–. Oh, pero no puede ser. Es guapísimo y Mariana está ya más o menos enamorada de él. No, él es el héroe y lo ha sido desde que la agarró en la cascada. Por cierto, podías haber escrito mejor aquella escena.

Entonces Alice miró a Tallie detenidamente.

–Prométeme que todavía no tienes en la cabeza la idea de hacer que Mariana termine casándose con William el Pelele.

–William no es ningún pelele –dijo Tallie a la defensiva–. Yo... yo... me doy cuenta de que he descuidado al personaje y de que no ha aparecido mucho en la historia hasta el momento. Él tiene que ser el héroe. Mariana lo ha amado desde que era pequeña y ha recorrido todo ese camino para encontrarlo.

–Desde luego que ha recorrido un largo camino –concedió la señora Morgan–. Pero ha sido un viaje de autodescubrimiento. Y, en el proceso, se ha percatado de a quién pertenece su corazón verdaderamente. Mi querida niña, no me puedo creer que no te dieras cuenta de que esto estaba pasando, pero supongo que el subconsciente puede jugar malas pasadas.

Entonces, Alice hizo una pausa y sonrió.

–No te voy a preguntar qué fantasía privada fue la que te llevó a inventarte el personaje de Hugo, pero estoy muy impresionada. Tengo que decir que has descrito el personaje tan a la perfección que pensé que te habías enamorado tú de él.

–Al contrario –aclaró Tallie–. Creo que es muy malo.

–Bueno, pues muy pocos de tus potenciales lectores estarán de acuerdo contigo –aseguró Alice Morgan–. Y, tanto si lo querías como si no, Hugo se ha convertido en el personaje central del libro y tienes que dejar que continúe siendo así.

Entonces añadió con sentido práctico.

–Además, si es tan malvado… ¿por qué se molestó en salvar a Mariana en la posada, cuando podría haberse escapado él solo por la ventana? No tiene sentido. A no ser que quieras que crea que quería mantenerla a salvo para así poder violarla él mismo, lo que es una estupidez.

–Pero él no es sólo un violador –protestó Tallie–. Es un traidor y un desertor, va a asesinar a alguien y lo van a colgar por ello.

–Yo no tengo ninguna objeción a que Hugo mate a nadie… si es para defender a la chica a la que ama –dijo la señora Morgan.

Alice continuó con su defensa del personaje.

–Sobre su deserción del ejército, podrías hacer que fuera uno de los oficiales de Wellington que utilizaban la deserción como tapadera cuando en realidad eran espías militares que se infiltraban en ejércitos enemigos para obtener información de los planes franceses. Mi hermano es historiador militar y me ha dicho que estos soldados eran los verdaderos héroes, ya que realizaban un trabajo muy difícil.

Entonces miró a Tallie y frunció el ceño.

–Cariño, pareces muy afligida. Te has quedado muy pálida. ¿Estás enferma?

–No –contestó Tallie con voz ronca–. Sólo estoy… pensando.

–Supongo que también estás preocupada por si tienes que volver a escribir todo el libro. Pero te prometo que no es necesario. Naturalmente, tendrás que cambiar el énfasis en algunas partes para dejar clara la creciente atracción de Mariana hacia Hugo. Y tendrás que transformar la violación en una seducción… con el completo consentimiento de ella.

Alice sonrió.

–Sé que no es la historia que habías pretendido escribir en un principio –continuó–. Pero va a funcionar estupendamente. Te he escrito una nota con todas mis sugerencias para que trabajes sobre ellas. No tienes que seguirlas todas, pero tengo que decirte que Hugo no es prescindible. Tiene que ser el héroe. Si encuentras algún problema, telefonéame. Buena suerte.

Una vez en la calle, Tallie se detuvo durante un momento y respiró el frío aire londinense.

Mark y Hugo. Hugo y Mark.

Recordó lo que le había dicho Alice; que había pensado que ella se había enamorado de él…

Reconoció que en realidad ella misma también lo había pensando, desde el principio, desde que el episodio de Mariana bajo la cascada fuese el resultado de su propia experiencia bajo la ducha, cuando él la había visto por primera vez.

Se preguntó si había estado mintiéndose a sí misma… sobre todo aquella noche.

En aquel momento, sabía que no había querido simplemente un amante, sino que lo había querido a él. Había querido que él le perteneciera a ella, que pensara sólo en ella…

Capítulo 11

TALLIE estuvo retrasando su vuelta al piso tanto como pudo, consciente de que le iba a ser más difícil que nunca ver a Mark ya que había tenido que enfrentarse a sus propios sentimientos y el dolor que ello había creado.

Pero por lo menos tenía una vez más la barrera del trabajo para esconderse tras ella.

Fue a una biblioteca y se sentó a leer y releer las sugerencias de Alice. Convertir a Hugo en el amado de Mariana no le iba a ser tan difícil; todo lo que tenía que hacer era basarse en sus propios sentimientos.

Pero escribir un final feliz para los amantes era otra cosa, ya que estaría intentando satisfacer un sueño que sabía que jamás se cumpliría. Necesitaría toda la fuerza emocional que poseía y ello sería como presionar una herida abierta.

Decidió ocuparse de aquello cuando llegara el momento. Se iba a concentrar en encontrar documentación sobre la guerra de la Independencia española.

Se quedó en la biblioteca hasta que llegó la hora de cierre, momento en el cual había tomado numerosas y útiles notas. La transformación de Hugo iba a ser muy fácil; tendría que proteger a su amada sin revelar su misión secreta, mientras Mariana lo pasaría mal al tratar de seguir siendo fiel a William y de esconder su vergonzosa atracción hacia un hombre que todavía consideraba indigno de su amor.

Tuvo que admitir que Alice Morgan tenía razón y que la historia funcionaría mucho mejor de aquella manera. Se dijo a sí misma que desde aquel momento en adelante iba a tratar la historia como algo de pura ficción... lo que siempre debía haber sido.

Mientras esperaba para cruzar la calle frente a Albion House, vio cómo Mark salía del portal. Andaba con la cabeza agachada e, incluso desde la distancia, pudo percatarse de que parecía muy preocupado, casi perturbado. Observó cómo detenía un taxi, se montaba en él y se alejaba.

Sabía que nunca podría tener a Mark y se dijo a sí misma que lo que necesitaba era marcharse de aquella casa y comenzar una nueva vida, una vida con amigos que no tuvieran nada que ver con aquella etapa. Y, para lograrlo, tenía que ofrecerle a Alice Morgan un libro que pudiera vender.

Cuando se metió en la cama aquella misma noche, Tallie se sintió satisfecha del trabajo que había hecho al regresar al piso, aunque realizar los cambios requeridos no iba a ser muy fácil y llevaría tiempo.

Pero aunque estaba cansada, no se quedó dormida con facilidad. En vez de ello, estuvo dando vueltas en la cama hasta que, a la una de la madrugada, decidió tumbarse bocarriba y observar la oscuridad. Tampoco funcionó y decidió ir a la cocina a prepararse una bebida de leche.

Se levantó y se puso el albornoz. Al abrir la puerta y mirar hacia el pasillo, se percató de que la luz de la cocina estaba encendida.

Pero quizá ella se había olvidado de apagarla cuando se había preparado un sándwich de queso, lo que quizá era la causa de su insomnio.

Al llegar a la puerta de la cocina se detuvo en seco y se quedó impresionada al ver a Mark, también vestido con un albornoz, sacando un cartón de leche de la nevera. No le dio tiempo a marcharse, ya que él la había visto también.

–Tallie –dijo Mark–. ¿Ocurre algo?

–No –contestó ella, entrando en la cocina vacilantemente–. No… no podía dormir, eso es todo.

–Yo tampoco –comentó él, echando leche en un cazo–. Pensé en tomar chocolate caliente. ¿Quieres un poco?

–Oh… sí, gracias –contestó ella, acercándose al armario de la cocina para agarrar el bote de chocolate y dárselo a él.

Pero Mark le indicó que lo dejara sobre la encimera y se dio la vuelta para tomar dos tazas.

Sintiendo un nudo en la garganta, Tallie pensó que era obvio que él no quería tenerla cerca, ni siquiera podía soportar que lo tocara al pasarle algo. Pero no debía dejar que se notara lo mucho que le afectaba, ni siquiera que se había percatado de ello.

–No pensaba que ibas a estar aquí –dijo de la manera más superficial que pudo mientras se sentaba a la mesa.

–Tengo que tomar un avión a primera hora –contestó él–. Tenía que hacer las maletas.

–Sí, claro. ¿Te vas a ir por mucho tiempo?

–Posiblemente –respondió Mark–. Todavía es difícil saber –añadió, sirviendo la leche y el chocolate en las tazas–. Pero tú sabes cómo ponerte en contacto con los abogados si hay algún problema.

–Es el puente, ¿no es así? –comentó Tallie, alarmada–. A pesar de todo, vas a regresar a Buleza.

–Nunca he pretendido no hacerlo –aclaró él, dejando la taza de chocolate de ella sobre la mesa y apoyándose en la encimera a continuación–. Ahora no tienes que impresionar a ninguna Veronica, así que puedes dejar de poner esa cara de preocupación.

–¿Ni siquiera puedo preguntar por qué te estás poniendo deliberadamente en peligro?

–No es asunto tuyo –contestó él bruscamente–. Pero, para que lo sepas, mi sentido de supervivencia está perfectamente. El riesgo es mínimo; si no, no iría.

Pareció que Mark leyó la pregunta que reflejaban los ojos de ella y suspiró impaciente.

–El nuevo régimen de Buleza está tratando de hacer amigos y ganar influencia en el exterior. No lograrían nada y perderían demasiado si me hicieran daño, a mí, o a cualquiera de los demás turistas extranjeros. Y, en cuanto vea problemas, saldré del país por la misma ruta que lo hicimos la última vez.

Entonces dejó de hablar y salió de la cocina. Regresó casi inmediatamente con un mapa, el cual colocó sobre la mesa.

–Buleza es un país extremadamente pobre –continuó–. Y la población del norte es la que más sufre, ya que este río... –dijo, señalando el mapa– el río Ubilisi, prácticamente divide el país en dos. El puente que tratamos de construir no era la solución a sus problemas, pero definitivamente era un primer paso. Tengo que ir a ver si se puede salvar algo del proyecto inicial y si el nuevo gobierno autorizará que construyamos de nuevo. ¿Me comprendes ahora?

–No –contestó Tallie, levantándose–. Pero como tú has dicho, no es asunto mío –entonces agarró su taza–. Creo que me voy a ir a mi habitación y así te dejo en paz.

–Probablemente sea una decisión inteligente –comentó él, mirándola de arriba abajo.

–Buenas noches y… buena suerte –se despidió ella, marchándose a continuación.

El chocolate estaba muy bueno, pero a Tallie le supo muy amargo y sólo fue capaz de dar un par de tragos. Sólo podía pensar en Mark y en el viaje que iba a realizar.

Él había tratado de hacerle creer que la situación del país estaba mejor, pero no había funcionado, ya que ella había visto en las noticias lo mal que estaban allí las cosas.

Se tumbó en la cama y se quedó mirando al vacío. Se dijo a sí misma que si pasaba lo peor se arrepentiría durante el resto de su vida de no haberle confesado sus sentimientos a Mark por miedo a recibir su desprecio o indiferencia.

Cuando comenzó a amanecer, oyó cómo él andaba por el pasillo y supo lo que tenía que hacer. Se levantó apresuradamente de la cama y abrió la puerta de su habitación. Mark se sobresaltó y se dio la vuelta. Su sorpresa era evidente.

–No quería despertarte. Lo siento –se disculpó él.

–No me has despertado –contestó ella–. Estaba esperando.

–¿Por qué? ¿Para despedirte? –quiso saber Mark, impresionado–. Pensaba que ya nos habíamos despedido.

–No… no quería despedirme. Lo que quería era pedirte que tuvieras cuidado, porque si no… si no regresas… si no te vuelvo a ver nunca más… no seré capaz de soportarlo.

Tallie vio la incredulidad que reflejaba la cara de Mark y prosiguió hablando.

–Siento si eso no es lo que querías oír, o si te he hecho sentir incómodo porque he roto nuestro compromiso. Simplemente necesito decirte… necesito que sepas cómo me siento. Y ahora que ya lo he hecho, no tiene por qué importar nunca más y jamás volveré a hablar del tema… si eso es lo que quieres.

–¿Lo que yo quiero? Dios santo, Tallie, eliges los peores momentos –comentó Mark–. Todo este tiempo perdido… todas esas infernales noches solitarias… y ni una sola palabra… ni una sola señal hasta ahora… cuando yo me tengo que marchar para tomar un maldito avión.

Entonces tiró al suelo su maleta y su maletín y se acercó a ella para abrazarla. La besó y le acarició el cuerpo por debajo del albornoz al hacerlo.

Tallie respondió con fervor; lo abrazó por el cuello y apretó su cuerpo contra el de él.

Cuando por fin Mark dejó de besarla, a ambos les faltaba el aliento.

–Cuando regrese, Natalie Paget, tú y yo vamos a tener una conversación muy seria –dijo él.

–No te vayas –pidió ella, ofreciéndole su boca de nuevo.

Mark le besó los labios y bajó hacia su garganta mientras le acariciaba el pelo.

–Debo marcharme, cariño, y lo sabes –contestó, apartándose de ella de mala gana. Le agarró la mano y se la llevó a la boca–. Duerme en mi cama mientras yo no esté, por favor –susurró.

Entonces se echó para atrás y agarró sus cosas. Ya desde la puerta, se dirigió a ella.

–Regresaré –le dijo, sonriendo–. Así que asegúrate de que estás aquí… esperándome.

–Sí –contestó Tallie–. Te lo prometo.

Después de que él se hubiera ido, ella se quedó durante bastante tiempo mirando la puerta. Pero entonces se dirigió a la habitación de Mark, se quitó el albornoz y se metió entre las sábanas en las que había dormido él. Con la cabeza apoyada en la almohada donde había reposado la mejilla del hombre al que amaba, se quedó profundamente dormida.

Pero no fue siempre tan simple. Había noches en las que la ansiedad se apoderaba de ella y no conseguía conciliar el sueño.

Durante el día, el trabajo la rescataba. Haberse dado cuenta de sus verdaderos sentimientos hacia Mark había logrado que se abriera una nueva dimensión en su mente y le estaba resultando muy fácil escribir.

Según iban pasando las semanas, reflejó en Mariana todos los sentimientos que sentía ella misma. Hugo se había convertido en su amante y ella comprendía que estuviera apartado de su lado, ya que estaba al servicio de Wellington.

Pero también tenía que ocuparse de William, el antiguo héroe del libro. Así que cuando por fin Mariana alcanzaba su objetivo y llegaba a los acantonamientos británicos, Tallie disfrutó al hacerle ser una mala persona, un mojigato no merecedor de su amor.

No como Hugo, quien la quería por lo que ella era.

También había previsto el final del libro, en el cual Hugo se enfrentaba a un pelotón de fusilamiento por haber matado a un miembro del ejército, un joven oficial que él había descubierto era espía de Bonaparte. Ello significó hacer pasar a Mariana por la agonía de ver a su amado enfrentarse a sus ejecutores con mucho orgullo antes de caer al suelo.

Pero ninguna de las balas le hirió ya que, bajo órdenes de Wellington, habían sido manipuladas con substancias menos letales.

Aunque eso era algo que Mariana sólo descubrió al entrar en la posada y ver a Hugo allí esperándola para regresar con ella a Inglaterra.

Tallie sonrió y lloró al mismo tiempo al escribir cómo ambos se echaban uno en brazos del otro… aunque ella tendría que esperar por su propio final feliz. No parecía que Mark fuera a regresar en poco tiempo.

Ante su sorpresa, él solía telefonearla con frecuencia, aunque eran llamadas breves y nada románticas. Pero con sólo oír su voz a Tallie se le saltaban las lágrimas de alegría. Solía llamarla tarde, como si estuviera esperando un momento en el que supiera que ella estaría arropada en su cama.

Alice Morgan había revisado el libro y le había dicho que lo iba a mandar a varias editoriales. Entonces, mientras Tallie todavía estaba emocionada por ello, la dejó impresionada al preguntarle de qué iba a tratar su próximo libro.

–Quien sea quien lo compre lo querrá saber antes de ofrecerte un contrato –había dicho Alice–. Y casi seguro que estarán buscando otra aventura romántica. Así que comienza a pensar, querida, y rápido.

Una tarde, mientras llegaba al piso desde la biblioteca, donde había ido para recabar información para su nueva novela, la señora Medland estaba preparándose para marcharse.

–Tiene usted una visita, señorita Paget –informó en voz baja, gesticulando hacia el salón–. Le dije que no había nadie en casa, pero me contestó que esperaría y no aceptaba un no por respuesta.

Tallie pensó que sería Penny, pero le extrañó que la señora Medland no se lo hubiera dicho.

No estaba preparada para encontrar a Sonia Randall echada en el sofá.

–Así que... –dijo ella– aquí tenemos a la incipiente escritora. Aunque eso ya no es muy preciso... He oído por ahí que has terminado tu libro y que ya se está moviendo por las editoriales. Debes de estar muy contenta contigo misma.

–Buenas tardes –dijo Tallie, acercándose–. Me... me temo que Mark todavía está de viaje.

–Sí –concedió Sonia–. Jugando de nuevo a ser el buen samaritano en África. Pero he venido a verte a ti.

–Oh –dijo Tallie, sintiéndose enferma–. Entonces te puedo ofrecer café, o quizá té.

–Eres la perfecta anfitriona, pero yo hubiera pensado que agua y leche hubiera sido más apropiado... viniendo de ti. De todas maneras ahora me doy cuenta de que nunca se sabe.

–No sé por qué estás aquí –espetó Tallie, levantando la barbilla–. Pero no tengo por qué soportar tus groserías. Por favor, márchate.

Entonces Tallie se dio la vuelta. Pero Sonia se dirigió a ella de manera imperativa.

–Creo que será mejor que te sientes y escuches,

chica. No he venido aquí a mantener una reunión social y tengo mucho que decir… aunque no te va a gustar nada.

Tallie se sentó en el borde del sofá que había frente a Sonia.

–Si me vas a decir que Alder House no me va a hacer ninguna oferta, no supone ninguna sorpresa para mí. Dejaste claro que no estarías interesada y así se lo hice saber a la señora Morgan.

–Desde luego que no tengo ningún interés comercial en tus garabatos, pero tengo que admitir que siento cierta curiosidad… teniendo en cuenta que compartimos tanto en otros aspectos.

–Yo no lo creo –negó Tallie.

–Oh, no seas tímida. He echado un vistazo mientras la señora de la limpieza estaba en la cocina y me he percatado de que la habitación de invitados ahora es un despacho. También he visto que había cosas tuyas en la habitación de Mark.

–Lo… lo siento –se disculpó Tallie, que no pudo evitar sentir pena por aquella mujer… aunque le caía muy mal.

–¿Por qué? No me sorprende. Fue bastante obvio en aquella cena que tuvimos que él estaba planeando acostarse contigo. A no ser que su amigo Justin lo hiciera primero. Pero a Mark le gustan los retos y yo aposté por él.

–¿Quieres decir… que no te importa? –preguntó Tallie, impresionada.

–¿Qué es lo que tendría que importarme? A Mark le gusta variar de compañera de cama, siempre lo he sabido, y tú debes de haber sido toda una novedad. Pero debo reconocer que, aunque a veces le gusta jugar duro, el hecho de que parece que tú compartes sus gustos realmente me ha sorprendido –comentó Sonia, riéndose–. Habría dicho que eras demasiado remilgada para esos juegos.

–No sé de qué estás hablando –dijo Tallie.

–Entonces permíteme que te refresque la memoria –Sonia hurgó en su bolso y sacó una gran carpeta–. Después de todo, está aquí, en blanco y negro –entonces dejó la carpeta sobre la mesa–. O debería decir con todo detalle. Dime una cosa… ¿el atarte fue idea de Mark o tuya?

Horrorizada, Tallie se quedó mirando la carpeta al reconocerla. Era la copia original de su libro… en la que seguía apareciendo la escena de la violación. Alice Morgan había prometido que la iba a destruir, pero allí estaba.

–¿De dónde la has sacado?

–De la oficina de tu agente. Según parece era la última copia y la leí con total fascinación, sobre todo el último capítulo. ¿Sabe Mark que su más inusual tendencia sexual va a aparecer publicada en un libro, o le vas a sorprender?

–Me lo inventé –espetó Tallie–. Me lo inventé todo, absolutamente todo.

–Todo no, querida –contradijo Sonia–. Tu descripción del carácter de Cantrell es como describir a Mark, incluidas esas características cicatrices suyas. ¿Por qué no iba a ser el resto cierto?

–Porque tú más que nadie debías saber que no lo es. Mark nunca… no podría… no haría…

–Yo sólo sé que no me lo hizo a mí, pero claro, tampoco me veía como a una víctima y quizá eso suponga una diferencia –contestó Sonia, sonriendo.

–Eres mala, completamente despreciable –dijo Tallie en voz baja.

–Y supongo que tú eres Blancanieves… claro que ella nunca se vio enfrentada a una demanda por difamación.

–¿De qué estás hablando? –exigió saber Tallie.

–De la reacción de Mark cuando esta basura… –contestó Sonia, señalando la carpeta– se haga pública.

–Pero nunca se publicará –explicó Tallie, desesperada–. Volví a escribir la historia y ahora es completamente diferente. Hugo Cantrell es el héroe y eliminé ese capítulo.

–¿Eliminado? –se burló Sonia–. ¿Cuando yo lo he leído y otras personas también pueden hacerlo? No lo creo.

–Pero no lo va a leer nadie más –contradijo Tallie–. Ésta es la única copia.

–Quizá antes lo fuera –contestó Sonia–. Pero ya no, porque conozco varios periódicos a los cuales les encantaría poder por fin echar basura sobre el gran Mark Benedict.

–¿Sobre Mark? –preguntó Tallie, perpleja–. ¿Por qué debería importarles él?

–Parece que Mark te ha estado ocultando cosas. Admito que este piso no es la clase de casa en la que esperarías que viviera un multimillonario, pero perteneció a su madre y él le tiene mucho cariño. ¡Dios sabrá por qué! No hace alarde del dinero y le gusta que le vean como un colaborador más en todas las empresas que tiene, no sólo como el director. No le gusta comparecer ante la prensa y se negó en redondo a realizar ninguna entrevista cuando sacó a sus hombres de Buleza. No fue muy educado

Sonia hizo entonces una pausa.

–Imagínate cómo se sentirá cuando se entere de

que es el centro de un escándalo sexual… el hombre increíblemente rico que violó a su cocinera, la inocente virgen que amparó en su casa. Y cómo ella se vengó revelando en detalle su terrible experiencia en un periódico barato...

–Pero no hay nada de verdad en todo eso –dijo Tallie fríamente–. Y yo lo diré.

–Tú ya has dicho muchas cosas, niña –comentó Sonia, riéndose–. Todo está aquí escrito y, aunque Mark pueda hacer que sus poderosos abogados trabajen para impedir que los periódicos publiquen la historia, se publicará… tengo una amiga que se encargará de que así sea. El daño estará hecho, ya que siempre habrá alguien que lo crea.

Impresionada, Tallie estaba escuchando todo aquello sin poder creérselo.

–Me pregunto qué te dirá Mark… y qué hará –continuó Sonia–. Has invadido su preciada privacidad, has acabado con su reputación y le has hecho parecer ridículo… y eso nunca te lo perdonará. Así que supongo que te demandará y ninguna editorial publicará la otra versión que has escrito ya que tiemblan con sólo oír la palabra «difamación».

Entonces suspiró, satisfecha.

–Así que, mi querida Natalie, yo diría que tu pequeño romance se ha terminado… así como tu carrera. ¿Qué te parece?

Capítulo 12

QUIERES retirar el libro? –repitió una horrorizada Alice Morgan–. ¿Por qué?

–He llegado a esa conclusión –contestó Tallie, que se había puesto el conjunto que le había comprado Mark porque sabía que aquélla era una entrevista muy importante–. Me he percatado de que no quiero seguir con la idea de ser escritora. No habrá más libros y no puedo ofrecer el primero bajo falsas pretensiones.

–Pero estabas tan animada –dijo la señora Morgan–. Y tienes mucho talento. ¿Estás segura de que no estás simplemente sintiendo una sensación de decepción ahora que has terminado el libro? ¿O tal vez estás preocupada por si a nadie le gusta? Si es eso, permíteme decirte que estás muy equivocada. Ya hay dos editoriales interesadas y una tercera que me va a telefonear esta tarde. Incluso quizá haya que subastarlo.

–Entonces detén todo... por favor. No... no puedo dejar que eso ocurra –insistió Tallie.

–Desearía que me dijeras cuál es el problema. Quizá podríamos solucionarlo juntas –sugirió Alice, suspirando.

Tallie pensó que ella también desearía contárselo, pero no podía. Aquél era el acuerdo al que se había visto obligada a llegar con Sonia Randall y, en beneficio de Mark, debía respetarlo. Debía olvidarse de su carrera como escritora y salir de la vida de él para siempre... si no quería que se le ridiculizara en los periódicos.

De todas maneras Mark no iba a querer tener nada que ver con ella nunca más, ya que no había podido convencer a Sonia de que no le enseñara la vergonzosa escena que había escrito. Y él la odiaría por ello.

–He cambiado de idea, eso es todo –le dijo a Alice–. He decidido encontrar un trabajo normal en vez de perder mi tiempo satisfaciendo mis fantasías de adolescente.

–Parece como si estuvieras repitiendo lo que te ha dicho alguien. ¿Es eso lo que ha ocurrido? –quiso saber la señora Morgan.

–Quizá he descubierto lo duro que es el trabajo de escritora y me he percatado de que no es para mí –contestó Tallie, forzándose en sonreír.

–Yo no lo creo... sobre todo no después de que fueras capaz de hacer tantas variaciones en la historia del libro después de que habláramos. Pero está claro que algo te ha impresionado mucho.

En ese momento la señora Morgan hizo una pausa.

–No obstante, te aconsejo que no tomes decisiones apresuradas y que te tranquilices. Mientras tanto, yo paralizaré todo el proceso durante un tiempo. ¿Te parece bien?

–¿Porque crees que voy a cambiar de idea? –preguntó Tallie, negando con la cabeza–. No lo haré. De hecho, me marcho de Londres. Hoy mismo.

–En ese caso todo lo que puedo hacer es desearte

suerte –dijo la señora Morgan, levantándose–. Pero me gustaría que confiaras en mí, querida.

Tallie murmuró algo incoherente y se dirigió hacia la puerta. Ya no podía confiar en nadie más.

Ni siquiera le había preguntado a Alice por qué la versión original no había sido destruida como habían acordado. Sabía lo que había ocurrido; la asistente de la señora Morgan se había puesto enferma y la sustituía una nerviosa chica que estaba un poco perdida.

Antes de marcharse del piso, dejó dinero para contribuir al pago de las facturas. También dejó una nota en la que simplemente se disculpaba. *Lo siento*, fue todo lo que escribió.

Entonces, telefoneó a su madre para decirle que regresaba a casa. Dejó un mensaje en el contestador automático de Lorna, pero no se despidió de nadie más.

Cuando por fin se sentó en el tren, se quedó mirando el paisaje mientras los recuerdos comenzaban a perseguirla. Se dijo a sí misma que Mark la odiaría por haberse marchado de aquella manera, pero seguramente la reemplazaría con facilidad.

Ni siquiera había respondido a las últimas llamadas telefónicas de él porque no podía soportar oír su voz sabiendo que ya no lo volvería a ver nunca más.

–Has adelgazado, cariño –dijo la señora Paget.

–Siempre dices lo mismo –contestó Tallie, esbozando una mueca.

–Porque siempre es verdad, pero en cuanto empieces a comer bien de nuevo recuperarás la figura. También necesitas ropa nueva –continuó su madre–. Haré que papá te dé el dinero de tu cumpleaños antes de tiempo e iremos de compras. La ropa que tienes es para tirar.

–Me voy a quedar con mis faldas y blusas de trabajo, ya que las necesitaré para cuando encuentre uno.

–Bueno, para eso no hay prisa –decretó la señora Paget–. En cuanto te vi bajar del tren, me percaté de que tenías los ojos muy tristes. Lo que necesitas es descansar, cariño, y eso es lo que vas a hacer. Nunca he pensado que vivir en Londres fuera saludable –añadió antes de marcharse a preparar la cena.

Tallie se sintió muy decepcionada al darse cuenta de que sus intentos de fingir alegría estaban fallando. Se dijo a sí misma que era esencial que comenzara a trabajar pronto para así distraerse y evitar pensar en lo que no debía.

En el trayecto desde la estación a la casa, su madre le había comentado que había visto a la madre de David Ackland en el supermercado, lo que indicaba que podía esperar una llamada telefónica del muchacho. Y aquello suponía otro problema más que sumar a su lista.

Se preguntó por qué tenía que amar tanto a Mark; la estaba destrozando tener que alejarse de él.

Los días pasaron. Comenzaron las lluvias y ya se sentía el frío del otoño por las mañanas. A pesar del tiempo, o quizá porque iba en consonancia con su estado de ánimo, Tallie pasaba mucho rato fuera de casa, dándole a los perros paseos cada vez más largos.

Sus padres le habían preguntado qué había ocurrido para que abandonara su carrera de escritora, pero ella simplemente les había contestado que las cosas no habían funcionado.

Mandó varios currículum, pero no le sorprendió cuando no le contestaron de ningún trabajo, ya que su falta de entusiasmo era obvia.

Incluso pensó en considerar la propuesta de su padre de que realizara algún tipo de estudio superior. Era una idea sensata, pero su problema consistía en que no podía pensar más allá del día siguiente y, por lo tanto, era incapaz de pensar en su futuro.

Finalmente consiguió trabajo por las tardes como camarera en un pub del pueblo que tenía un restaurante muy popular, lo que conllevaba la ventaja de mantener las persistentes llamadas telefónicas de David Ackland a raya.

Llevaba ya en su casa quince días cuando llegó un gran sobre de color crema.

–¡Dios mío! –exclamó la señora Paget–. Tu prima Josie se va a comprometer... y nada menos que con Gareth Hampton, aquel muchacho tan engreído. No tenía ni idea de que se conocieran. De hecho, hubo un momento en el que me preocupó que te estuvieras enamorando de él.

–Bueno, ya no es así. Y todos nos podemos equivocar alguna vez –comentó Tallie–. Supongo que va a celebrarse una gran fiesta, ¿verdad?

–Sí –contestó su madre–. Y Guy y tú estáis invitados a asistir junto con vuestras respectivas parejas. ¿Por qué no le pides a David que vaya contigo? ¡Es un chico tan encantador!

–O podría no ir –sugirió Tallie al levantarse de la mesa de la cocina–. Ya hablaremos de ello más tarde. Parece que ha dejado de llover, así que sacaré a pasear a los perros.

No fue un paseo muy agradable y finalmente comenzó a llover de nuevo. Regresó a su casa empapada y, al entrar por la puerta trasera, vio cómo los perros corrían hacia la parte delantera de la casa. Los oyó ladrar alegremente.

–Tallie, ha venido alguien a verte –le dijo su madre cuando entró en la cocina–. Llegó hace unos minutos, así que le dije que esperara en el salón, pero parece que Mickey y Finn le han encontrado. Será mejor que vayas a rescatarlo mientras yo preparo café. Pregúntale si le apetece un bollito caliente con mantequilla y mermelada.

Tallie pensó que sin duda era David Ackland y que debía ser agradable, pero firme. Aunque al entrar al salón y ver quién la estaba esperando, se le quedó la boca seca y se mareó.

–Mark... tú...

–Exactamente.

–Me alegra que estés bien –se apresuró a decir ella–. ¿Vas... vas a construir tu puente?

–No bajo el régimen actual. Lo que tiene planeado el nuevo presidente es un palacio.

–Debes de estar muy decepcionado –comentó Tallie, respirando profundamente–. ¿Qué... qué haces aquí?

–He venido a buscarte –contestó él–. Ya te dije que teníamos que mantener una conversación muy seria cuando regresara, ¿te acuerdas?

–Sí –contestó ella–. Pero las circunstancias han cambiado.

–Ya me doy cuenta –comentó Mark, a quien los perros todavía estaban saludando.

–Los perros han estado en el río –dijo entonces Tallie estúpidamente.

–Parece que tú fuiste con ellos. Quizá deberías ir a secarte y a cambiarte antes de que hablemos.

–Si salgo de esta habitación, quizá no tenga el coraje de regresar –se sinceró ella, levantando la barbilla–. Preferiría que me dijeras lo que tienes que decir… para que me entere de lo peor.

–De lo peor –repitió Mark–. Ésa es una elección de palabras interesante.

–Me doy cuenta de lo enfadado que debes estar y acepto que yo tengo la culpa. Completamente. Y estoy muy avergonzada –dijo Tallie, mirando al suelo–. Supongo que todavía sigo siendo una niña. Una niña estúpida y destructiva que rompe en mil pedazos algo preciado. Si pudiera volver atrás en el tiempo y no escribir aquellas cosas horribles, lo haría.

Entonces hizo una pausa.

–Pero no puedo hacerlo y supongo que me puedes demandar por difamación. Sonia leyó lo que yo había escrito y me está amenazando con enseñárselo a otras personas. Pero… oh, Dios, Mark… mis padres no saben nada de esto. No… no pude decírselo y, si termino en los tribunales, se morirán del disgusto. Si tengo que pagar una indemnización, no podré hacerlo.

–Bueno, yo no me preocuparía demasiado por todo eso –comentó Mark con calma–. Creo que todavía se considera responsable al marido por las deudas de su esposa y para mí pagar una indemnización es algo sin importancia.

Tallie sintió cómo se mareaba aún más. Se acercó al sofá, se sentó y se quedó mirando a Mark.

–¿De… de qué estás hablando?

–Del matrimonio –contestó él–. Debes haber oído hablar de él. Intercambio de anillos… hasta que la muerte nos separe… un hogar… bebés…

–Pero tú no quieres casarte conmigo –dijo ella con voz temblorosa–. No puedes.

–¿Por qué no? –quiso saber él.

–Porque podrías tener a quien quisieras. Tu... tu señorita Randall me dijo que eras multimillonario.

–Sí –concedió Mark–. Aunque no estaba planeando comprarte y conozco mucha gente que es más rica que yo –añadió–. Te los puedo presentar y puedes comparar.

–Oh, no bromees –pidió ella.

–Tallie... –comenzó a decir él con mucha paciencia– ésta es la seria conversación de la que te hablé antes de marcharme a Buleza. Te estoy pidiendo que te cases conmigo.

–Pero tú no te comprometes –dijo Tallie casi gimiendo–. Me lo dijo Penny.

–Elige una iglesia, un día y ya verás –contestó Mark–. Le puedes pedir a Penny que sea tu dama de honor. ¿Podrías ahora prestar atención a lo que yo te diga? ¿Por favor?

Entonces hizo una pausa y continuó hablando a continuación.

–Admito que el matrimonio no estaba entre mis prioridades cuando te conocí. No hasta que hicimos el amor y me desperté al amanecer contigo en mis brazos. Observé cómo dormías; sonreías ligeramente y supe que así era como quería despertarme durante el resto de mi vida, contigo... mi esposa... a mi lado.

Tallie estaba escuchando con atención.

–Durante unos momentos fui completamente feliz... hasta que recordé que tú no sentías lo mismo. Para ti yo sólo era el tonto al cual le habías pedido que te librara del inconveniente de ser virgen. Habías dejado muy claro que aquélla sería la única noche que pasaríamos juntos. En aquel momento me percaté de que me había enamorado de una chica que no me amaba.

–Pero cuando yo fui a buscarte al día siguiente te comportaste de una manera muy fría –susurró ella–. Apenas me miraste ni me hablaste.

–Estaba aterrorizado. Rezaba para que tú sonrieras de nuevo y vinieras a mí. O para que, por lo menos, me tendieras una mano –explicó Mark–. Pero todo lo que hiciste fue quedarte en la puerta sin hablar. Me miraste como si yo fuera una bomba a punto de explotar. Y, cuando pasé por tu lado, casi te agachas. Me quedé destrozado. Sólo podía pensar que no me amabas... y que nunca ibas a hacerlo.

Mark hizo otra pausa.

–Y entonces estuvo el asunto de Justin, desde luego.

–¿Justin? –repitió Tallie–. Pero no ocurrió nada entre nosotros. Lo sabías.

–Pero vi cómo se marchaba él –comentó Mark–. El día que regresé. Estaba pagando al taxista cuando Justin salió del bloque... y pensé que había... que había estado contigo, que te había convencido de que le perdonaras y que tú habías decidido que después de todo él era el hombre que querías. Pensé que yo había sido sólo un ensayo y él la función principal. Sentí ganas de darle una paliza, por lo que me monté de nuevo en el taxi y le pedí al taxista que condujera... a donde fuera.

Mark continuó explicando su versión de los hechos.

–Cuando regresé al piso, éste estaba impregnado del aroma del aceite que utilizas para el baño. Abrí tu puerta y te vi dormida sobre la cama, vestida sólo con aquel maldito albornoz. Mi imaginación comenzó a volar. En todo en lo que podía pensar era en vosotros dos... juntos... compartiendo el placer que nosotros conocimos. Pensé que tú habías sido mía y que te había perdido, cuando lo que debía haber hecho era luchar por ti.

Entonces agitó la cabeza.

–No sabía que podía sentir tanta violencia hacia uno de mis mejores amigos. Los celos son una cosa terrible.

–¿Tú... celoso? –preguntó ella con la incredulidad reflejada en la voz.

–A mí también me dejó impresionado, así como el percatarme de que estaba enamorado –comentó él–. Dime una cosa... ¿quién es el «pobre David»?

–Un muchacho del pueblo, ¿por qué?

–Porque cuando tu madre contestó a la puerta y yo pregunté por ti, se quedó mirándome y dijo; «pobre David».

–Mi madre me ha pedido que te pregunte si, aparte del café, quieres un bollito caliente.

–Preferiría veinticuatro horas de aislamiento total... y que tú estuvieras sin ropa. Pero, por ahora, me conformaré con comida y bebida. Gracias.

–Se lo diré a mi madre –dijo Tallie, levantándose y acercándose a la puerta.

–No vayas a huir de nuevo –pidió él–. Me acabas de dar la peor semana de mi vida.

Cuando llegó a la cocina, Tallie vio que su madre no había preparado nada y que estaba leyendo un libro.

–¿Al final no preparaste café para el señor Benedict?

–Lo prepararé en unos minutos –dijo su madre, levantándose de la silla–. Pensé que no querrías que os interrumpiera.

–Estuve cuidando su piso mientras él estaba en África –explicó Tallie–. Tenía... tenía que hacerme algunas preguntas.

–Pues ha venido hasta muy lejos para preguntarte –comentó la señora Paget afablemente–. Él también parece tan abatido como lo has estado tú desde que llegaste –entonces hizo una pausa–. Cuando lleve la bandeja, llamaré a la puerta.

Tallie regresó al salón, cerró la puerta y se apoyó contra ella.

–Mark, no me puedo casar contigo.

–¿Te lo ha prohibido tu madre?

–En absoluto –contestó Tallie amargamente–. Simplemente es… imposible, eso es todo. No puede suceder.

–¿Porque no me amas?

–Sabes que eso no es cierto; me he sentido sólo en parte viva desde que me marché de Londres. ¿Pero cómo puedes quererme… después de lo que hice?

–Tú no has hecho nada.

–Quieres decir que Sonia Randall no te ha enseñado el primer borrador del libro en el que yo…

–¿En el que me describías como la personificación del demonio? –terminó de decir Mark por ella–. Sí, lo leí. Y disfruté de tu descripción de mí como villano hasta aquella última escena que, tengo que admitir, me impresionó. Me percaté de que debiste escribirle después de que hiciéramos el amor y me pregunté si te había disgustado de alguna manera.

–Mark…

–Y entonces… –prosiguió él– recordé que cuando me estaba distanciando de ti para protegerme a mí mismo, pude haberte hecho mucho daño. Representarme como un completo malnacido podía ser tu manera de defenderte. Pensé que debiste estar muy asustada para romper la promesa que me hiciste de esperarme y huir como hiciste.

–Ella… –comenzó a decir Tallie– la señora Randall, me dijo unas cosas espantosas. Tenía miedo de que realmente le fuera a pedir a su amiga periodista que escribiera historias haciendo creer que realmente me habías violado… y que el libro era mi venganza. Me odiarías para siempre.

–Cariño, jamás podría odiarte, hicieras lo que hicieras –dijo Mark–. Y la única opinión que me importa sobre mí es la tuya –añadió, sonriendo–. Pero me alegró ver que me compensaste en el segundo borrador.

–¿También lo has leído? –preguntó ella, impresionada.

–Desde luego –contestó él, sonriendo aún más–. Me gustó la escena de la cascada; me recordó que todavía tenemos que darnos juntos una ducha. Y eso podemos hacerlo muy pronto…

Tallie se ruborizó.

–¿Pero cómo conseguiste el libro? –quiso saber–. No había ninguna copia en el piso.

–Me lo dio Alice Morgan. Por cierto, la reacción que tuvo cuando yo entré en su despacho fue incluso más interesante que la de tu madre. Se sentó en su silla y rió hasta que se le saltaron las lágrimas.

–¿Fuiste a ver a la señora Morgan? –preguntó Tallie, impresionada.

–Ella era mi última esperanza –contestó Mark–. Nadie más sabía dónde te habías ido. Incluso fui a ver a Justin para comprobar si estabas con él. Tras dejarme claras algunas cosas, él me sugirió que fuera a ver a tu agente. Cuando Alice se calmó y pudo hablar, me comentó que tu libro…

–Ya no se va a vender. Sonia…

–Sonia no es ningún problema –interrumpió él–. No si valora su trabajo. Y tu libro se va a vender, cariño mío. Le dije a la señora Morgan que, como tu futuro marido, autorizaba que la publicación del libro siguiera adelante. La soborné para que me diera la dirección de tu casa con la promesa de que será la madrina de nuestro primer hijo…

En ese momento, la señora Paget llamó a la puerta y entró con una bandeja de café. Miró a ambos.

–Señor Benedict, parece que ha hecho llorar a mi hija. Por su bien espero que sean lágrimas de felicidad.

–Pretendo asegurarme de que así sea, señora Paget, durante el resto de nuestra vida en común. Y mi nombre es Mark –contestó él en voz baja.

–Mi marido tenía que realizar una operación esta mañana, pero regresará a la hora de comer. Quizá puedas quedarte y acompañarnos –sugirió la señora Paget, dirigiéndose a la puerta–. He preparado un estofado… para una comida familiar –añadió antes de marcharse.

–Creo que te librarás de las amonestaciones de mi madre… te lo digo por si realmente estás convencido de que me deseas –comentó una temblorosa Tallie.

–Te deseo… y siempre te desearé –aseguró Mark–. De hecho, tengo que esforzarme mucho en mantener las manos apartadas de ti debido a las potenciales interrupciones que podemos sufrir. Pero mucho más importante que eso es que te amo y necesito que compartas mi vida conmigo.

Entonces le tendió los brazos a Tallie, la cual se acercó para que la abrazara. Lo miró y sonrió.

–Oh, amor mío, amor mío –dijo ella en voz baja–. Por favor, llévame a casa.

Como Mariana, levantó la boca para que la besara y se rindió completamente ante él.